René Barjavel

La tempête

roman

Denoël

René Barjavel est né à Nyons, en Provence, en 1911. Il termine ses études au collège de Cusset, dans l'Allier, occupe et abandonne divers emplois puis entre au *Progrès de l'Allier*, à Moulins où il apprend son métier de journaliste. Il rencontre l'éditeur Denoël qui l'engage comme chef de fabrication. C'est chez lui qu'après avoir fait la guerre dans les zouaves il publie en 1943 son premier roman, *Ravage*, qui précède la grande vogue de la science-fiction. Ce roman, qui a toujours été réimprimé, a dépassé un million d'exemplaires et est aujourd'hui étudié dans les lycées et collèges.

Barjavel a écrit depuis une vingtaine de livres, dont *La Nuit des Temps, Les Chemins de Katmandou, Tarendol, La Faim du tigre, Les Dames à la Licorne* avec Olenka de Veer, etc., et a collaboré en tant que dialoguiste à une vingtaine de films, dont la série des *Don Camillo*. Quand écrire lui en laisse le temps, il s'adonne à sa passion : la photographie en couleurs. Il est décédé en novembre 1985.

A William Shakespeare,
avec toutes mes excuses...

R. B.

Première partie

JUDITH AUX ETOILES

« Mettez-vous à votre aise », dit le Président Fergusson.

Et il ôta son veston.

Les ministres l'imitèrent avec soulagement. Le général Sunhorn, chef d'état-major, déboutonna sa vareuse mais ne la quitta pas. Le secrétaire d'Etat garda sa chaude veste de tweed irlandais. Sur convocation urgente du Président, il venait d'arriver d'Australie, où c'était l'hiver. Il n'avait eu le temps ni de se doucher ni de se changer. Depuis qu'il avait plongé de l'avion dans la chaleur torride de Washington, la sueur l'inondait. Il avait peur, s'il ôtait son veston, d'incommoder ses voisins. Il prit dans sa serviette un mouchoir de papier, le passa entre son cou et le col de sa chemise et le jeta, humide, dans l'urne cubique, en acier inoxydable, posée au centre de la table de réunion. L'urne l'avala, l'incinéra et broya ses cendres, avec une petite fumée et un ronron. C'était la corbeille à papier des réunions top secret.

Le général Sunhorn était blond, grand, épais, et la

chaleur lui donnait un air de bonne santé éclatante, en ébouillantant sa peau rose. Assis en face du secrétaire d'Etat, il regardait cet homme maigre sans essayer outre-mesure de dissimuler sa haine et son mépris. Il estimait que les malheurs de la patrie étaient dus entièrement au secrétaire et à ceux qui l'avaient précédé. De concessions en hésitation, d'hésitation en décision funeste, voilà où on en était arrivé aujourd'hui! Voilà où nous avaient amenés les diplomates et les politiciens! Alors qu'on avait des Bombes plein les poches!

Furieux, il arracha sa vareuse et la jeta derrière lui. Les ministres regardaient le Président qui s'épongeait. Une chaleur atroce régnait dans la salle de réunion de la Maison-Blanche. L'installation d'air conditionné avait été démontée et emportée trois jours auparavant, le service de la Sécurité ayant découvert qu'elle était truffée de micros plats reliés à des émetteurs gros comme des lentilles.

« Eh bien, vous savez ce qui se passe, dit le Président. Néanmoins, John va vous préciser quelle est exactement la situation... »

Le secrétaire d'Etat ouvrit le dossier posé devant lui.

« Minute! dit le général. Croyez-vous qu'il soit prudent de parler ici? Vous avez fait démonter votre sacrée installation de fraîcheur, mais qui nous prouve qu'il n'y a pas des micros dans les murs, dans le plafond ou dans la table?

— Il y en a sûrement! dit le Président. Autant que de raisins dans un cake! Demain je fais passer cette baraque au lance-flammes! Mais en attendant Johny peut parler. Ce qu'il a à nous dire, hélas, les chaffs [1] le savent aussi bien que nous.

— Eh bien s'ils nous écoutent, je leur dis merde ! » cria le général en frappant du poing sur la table.

Le Président lui jeta un regard foudroyant.

« Nous ne sommes pas à Waterloo ! dit-il. Et nous n'y serons jamais ! Parlez, Johny... »

Johny, c'est-à-dire John D. F. Rainer, secrétaire d'Etat, ouvrit son dossier et parla pendant une heure et sept minutes, se tut, referma son dossier et attendit.

Si ce n'était pas Waterloo, c'était la Berezina. Dévalant du Tibet depuis trois semaines par des passages que le Pentagone se refusait à considérer comme accessibles, une armée chinoise inépuisable, après avoir traversé la corne de l'Inde, était venue s'écraser sur les défenses américaines de Birmanie puis les avait submergées. Toutes les forces navales disponibles en Extrême-Orient avaient été dirigées en hâte vers les ports birmans, pour éviter un massacre total des VIIe, XXVe et XXXIIe armées. Pendant que leurs débris rembarquaient sous la protection des missiles, une armada aérienne chinoise avait envahi, cette nuit même, les deux principales Philippines. Depuis 5 heures, on ne recevait plus aucun message de Manille.

« Pauvre MacArthur ! gronda le général, s'il voyait ça ! On nous prend toujours pour des cons, nous les militaires ! Une génération après, quand ça craque de

1. Le mot `chaff, qui désigne la balle d'avoine, ou de tout autre grain, signifie aussi, par extension, tout ce qui est surabondant et dont il serait préférable de se débarrasser. Lors de l'aggravation du conflit d'Extrême-Orient, les combattants américains adoptèrent ce mot pour désigner leurs adversaires, jaunes et innombrables...

13

nouveau, on s'aperçoit que nous avions raison! Si on avait laissé Mac utiliser la Bombe en Corée, les chaffs auraient été réduits à zéro pour des siècles! Aujourd'hui on recommence la même connerie! On s'est ruiné pour fabriquer des montagnes de Bombes, et on n'ose pas s'en servir! On fait la guerre comme des cow-boys! Comment voulez-vous venir à bout de cette vermine? Ils sont combien? Deux milliards et demi? Trois milliards? Qu'est-ce qu'on en sait? Vous voulez les tuer à coups d'arbalète? Ils nous boufferont, comme des criquets bouffent un champ de maïs! Ils nous laisseront même pas les os! Il n'y a qu'une façon d'en venir à bout. La Bombe! La Bombe! La Bombe! »

Le Président soupira.

« Bien sûr, bien sûr, vous semblez avoir raison, général. Mais vous savez très bien que ce n'est pas possible. Permettez-moi de vous communiquer ceci. Lisez et faites passer. »

Il lui tendit la note que l'ambassadeur d'U.R.S.S. lui avait remise aux premières heures du jour. Le Président Nikola, devant les derniers développements du conflit sino-américain, exprimait sa sympathie au Président Fergusson, et au nom de l'amitié des deux grands peuples dont ils avaient réciproquement la charge, lui rappelait les termes du traité de non-agression russo-américain : toute manifestation nucléaire ou bactériologique américaine sur le continent asiatique déclencherait automatiquement, de la part de l'U.R.S.S., une riposte massive et analogue sur le territoire des Etats-Unis.

« Et nous, on leur enverrait peut-être du pop-corn? dit le général, en passant la feuille à son voisin.

14

— Bien sûr, bien sûr, dit le Président, notre riposte serait également automatique, massive et analogue, ce qui rayerait de la carte l'U.R.S.S. après nous-mêmes. Et qui seraient les grands vainqueurs ?

— Les Chinois...

— Nom de Dieu ! dit le général en abattant de nouveau le poing sur la table, si la décision dépendait de moi, il y a longtemps que j'aurais frit les chaffs à la sauce hydrogène ! Et les ruskoffs auraient pas dit ouf ! Et s'ils avaient riposté, eh bien tant pis ! J'aime mieux crever que de devenir chinois ! »

L'idée que ce géant rose et blond pût devenir un petit bonhomme jaune aux yeux bridés amena sur les lèvres du Président Fergusson un sourire triste. Il soupira. Il haïssait la minute où, dans la folle inconscience de sa jeunesse, il avait décidé de faire de la politique. Il aurait voulu être en train de pêcher à la ligne, à cinq cents kilomètres du plus proche récepteur de radio ou de T.V. Le monde était fou, personne n'y pouvait plus rien, et la plus abominable place dans l'univers, c'était le fauteuil présidentiel qui se trouvait sous son derrière.

C'est alors que l'espoir se leva, sous le visage du ministre de la Recherche, William Robert Sandows. C'était un homme jeune, grand, mince, le cheveu brun agréablement grisonnant sur les tempes, le cil long, l'œil de velours.

Il s'était levé et regardait le Président d'un air un peu absent, presque rêveur.

« Vous avez quelque chose à dire, Bill ? » demanda le Président.

William R. Sandows mit un doigt sur ses lèvres en signe de silence impératif, puis ôta sa chemise. Il apparut brun de peau, large d'épaules, pareil à un Egyptien de bas-relief. Ses collègues le virent avec stupéfaction faire le tour de la table, s'approcher du Président, l'inviter par gestes à se lever, lui ôter avec respect mais fermeté sa chemise et son maillot de corps, et lui parler à l'oreille pendant quelques minutes.

Le Président était rose, et musclé comme un vieil éléphant. Un buisson de poils blancs lui fleurissait entre les seins. Il écoutait, transpirait, semblait ne pas y croire, puis se laissa finalement convaincre, enfin trouva qu'elle était bien bonne. Il abattit sa large paume dans le dos de son ministre.

« O.K. », dit-il.

Il s'assit et se mit à écrire, tandis que William R. Sandows s'adressait à ses collègues dans un style européen.

« Vous voudrez bien excuser cet aparté, dit-il. Voyez-vous, le système d'écoute que la Sécurité a decelé ici la semaine dernière est d'un modèle désuet, qui date d'au moins trois ans. Ce qui me fait supposer que ce ne sont pas les Chinois qui l'ont fait installer et qu'il renseignait, mais plutôt nos amis anglais. »

Il y eut des exclamations, des protestations et des « J'en étais sûr ! ».

« Je suppose, reprit William R., je n'en suis pas certain... Ce que je peux vous affirmer par contre, c'est que depuis deux ans les progrès en cette matière sont considérables ! Ainsi des écouteurs et des émetteurs peuvent être dissimulés dans un simple fil textile. Je serais étonné, mes chers confrères, que les services de renseignements de nos ennemis ne soient pas parvenus à en introduire dans nos vêtements et notre linge !

C'est pourquoi, messieurs, mes collaborateurs et moi-même sommes devenus muets. Toute transmission d'information se fait par écrit, à vue, et est aussitôt détruite. Je ne saurais trop vous conseiller de faire comme nous. M. le Président ayant eu la bonté de me nommer ministre ce matin, j'ignorais auparavant avec quelle imprudence on délibérait et décidait ici. Je puis vous assurer que personne parmi nos amis ni nos ennemis n'ignore un seul mot de ce qui se dit dans cet édifice, ni autour de lui, sur ses pelouses ou dans sa piscine ou dans les véhicules qui y sont attachés. Comme nous avons, de toute urgence, à prendre des décisions qui engagent le sort de notre pays et de notre civilisation, je me suis permis de suggérer au Président un autre lieu de réunion... »

Pendant qu'il parlait, on avait vu le Président plier le papier sur lequel il venait d'écrire, sortir sur la pelouse, appeler par signe l'officier des marines qui commandait le cordon de sécurité, déplier le papier et le lui mettre sous les yeux. L'officier avait lu, son visage exprimant une stupéfaction de plus en plus grande, puis avait commencé à se déshabiller. Visiblement, il pensait que le Président était devenu fou, et se demandait s'il fallait lui obéir ou appeler un docteur pour le faire soigner, et ce qu'allait devenir la patrie.

Au moment où il allait ôter son pantalon, le Président, agacé, lui fit signe que c'était inutile, et se mit à lui parler à l'oreille. On vit l'angoisse quitter le visage de l'officier à mesure que les explications lui étaient données, et la belle sérénité militaire apaiser de nouveau ses traits.

« *Quick ! Quick ! Quick !* » dit le Président à voix haute.

L'officier salua, fit un demi-tour sec et partit en courant, abandonnant sa chemise sur le gazon.

Vingt-deux minutes plus tard, un hélicoptère se posa sur la pelouse de la Maison-Blanche, un vulgaire hélicobus jaune vif, de la ligne la plus fréquentée. Sa peinture usée autour de la porte témoignait du nombre de voyageurs qu'il avalait chaque jour. Il avait été réquisionné en plein trafic, et ses occupants abandonnés à une station.

Quand le Président et ses ministres montèrent à bord, ils y trouvèrent un marine occupé à balayer hâtivement les enveloppes de chewing-gum, les bâtonnets d'esquimau, les peanuts et les mégots. Le secrétaire à la Sécurité le poussa dehors. Un pilote militaire était aux commandes. Il savait où aller. Il y fut tout droit.

Au-dessus de la baie de Chesapeake, devant Kennedy Beach, il cessa d'avancer, descendit, et posa l'hélicobus sur ses flotteurs. La porte s'ouvrit et le secrétaire à la Sécurité parut, nu comme Adam. Il regarda à gauche et à droite, vit qu'un cordon de policiers en shorts était en train de refouler vers la plage les baigneurs qui protestaient, et que des glisseurs à turbine arrivaient du sud et du nord et commençaient à décrire autour de l'hélico un cercle d'un kilomètre de diamètre, leurs lasers en batterie.

Il se retourna vers l'intérieur du véhicule, fit signe que tout allait bien, et se laissa tomber à la mer, les pieds en avant. Il y avait là un banc de sable qui ramenait le fond de la baie à un mètre de la surface. Le secrétaire s'y planta, se rejeta en arrière, s'ébroua, fit quelques brasses sur le dos, se retourna, battit un peu de crawl, cracha de l'eau avec une grande satisfaction, et revint vers son point de départ. Les autres ministres, le Président, le général, tous aussi dépourvus de vêtements, tombaient à la mer comme des pétales.

Ils firent un peu d'écume pendant quelques minutes, oubliant leurs graves problèmes dans la joie élémentaire de l'eau et de l'agitation. Puis le Président prit pied et dit :

« Boys, à vos places s'il vous plaît. »

Ils formèrent un cercle et redevinrent graves.

L'hélico avait repris l'air et tournait doucement à cinq cents mètres.

« Bill a quelque chose à nous dire, dit le Président. Allez-y, Billy. »

Le secrétaire à la Recherche n'avait rien perdu de sa dignité ni de son élégance naturelle. Ses cheveux mouillés le casquaient de bouclettes romaines. Il avait sous les bras juste assez de poils pour ne pas paraître nu. Ses mains posées sur l'eau étaient longues et plates, marquées d'un mince anneau blanc à l'annulaire gauche et à l'index droit. Comme tous ses collègues, il avait laissé dans l'hélicoptère son alliance et sa montre-bague.

« Il est bien évident, dit-il, que si nous continuons à n'utiliser que les armes traditionnelles, nous épuiserons peu à peu nos ressources et nos forces dans un conflit sans issue, contre un adversaire innombrable et dont les lignes de communication sont courtes et concentriques, alors que les nôtres sont dispersées et étirées.

— Voilà ! voilà du bon sens ! cria le général. Je suis heureux que le Président vous ait appelé parmi nous ! Enfin nous serons deux à crier l'évidence !

— Il est non moins évident, poursuivit W. R. très

calme, que si nous utilisons la Bombe, ou l'arme toxique ou bactériologique, nous risquons de provoquer la mise en action du plan de représailles russe.

— Des clous ! rugit le général. Ils n'oseront jamais ! jamais ! »

Il donna un grand coup de poing dans l'eau, éclaboussant le Président.

« Calmez-vous, Suny, lui dit ce dernier. Ecoutez donc !

— Jusqu'à la semaine dernière, disait W. R., nous n'avions que le choix entre les deux termes de cette alternative. Depuis mercredi, une troisième possibilité s'offre à nous. Quand je vous aurai mis au courant, vous comprendrez pourquoi j'ai pris de telles précautions avant de parler. Car la décision que nous allons avoir à prendre engagera non seulement le sort de notre peuple et de notre pays, mais tout le développement ultérieur de l'humanité.

— A l'eau ! hurla le secrétaire à la Sécurité. Plongez ! »

Donnant l'exemple, il disparut sous l'eau. Jaillissant d'un nuage gros comme une pomme, le seul nuage du ciel incandescent, un avion piquait vers eux, précédé de l'énorme gueule noire de ce qui semblait être un canon ou un laser.

Le général se jeta sur le Président qui hésitait, et l'entraîna dans l'onde tiède. Tous les ministres étaient déjà au fond, suffoquant et faisant des bulles. L'avion passa, poursuivi par une meute d'appareils militaires. Ce n'était qu'un avion de reportage de la T.V. News. Ce que le général avait pris pour un canon était son téléobjectif. La caméra ne vit que de la mousse, qui fut diffusée en direct et en couleurs, accompagnée d'un commentaire sur les dangers des baignades par grandes chaleurs. T.V. News ne savait pas ce qui se passait. T.V. News n'avait pas le temps. Sa devise était « Informer d'abord, s'informer ensuite[1] ». Un de ses innombrables correspondants lui ayant signalé que de vieux originaux avaient loué un hélicobus pour venir se baigner à poil au milieu de la baie, T.V. News avait envoyé un de ses bolides, pour voir.

Celui-ci virait à l'horizon pour revenir, tandis que les ministres refaisaient surface, à demi suffoqués. Sommé par radio de changer de cap, le pilote de l'avion-caméra fit semblant de ne pas entendre. Il commençait à soupçonner qu'il se passait dans la flotte quelque chose de très important.

Au milieu de son virage, le laser d'un chasseur lui sectionna sa dérive et ses deux ailes, la cellule partit par la tangente en tourbillonnant, et s'émietta. Le pilote put ouvrir son parachute et descendit comme un volubilis. C'était un quinquagénaire. Tous les jeunes étaient à la guerre. Dix mille kilomètres de front, il fallait de la viande pour les garnir. Sur Kennedy Beach, la foule curieuse qui piétinait derrière le cordon de police était surtout féminine, et très énervée par l'absence de mâles, bien qu'elle ne sût guère les utiliser quand ils étaient là.

Elle voyait de très loin une couronne de bustes roses posés sur l'eau bleue. De temps en temps, l'un d'eux disparaissait entièrement dans l'eau, reparaissait en s'ébrouant. L'hélicobus, comme un gros bourdon balourd, tournait au-dessus d'eux, les glisseurs de la

---

1. Ce qui était le contraire de la règle en usage dans le camp adverse : « S'informer toujours, n'informer jamais. »

police tournaient autour d'eux, les chasseurs de l'air tournaient aux horizons. Toutes ces précautions, et la pulvérisation de l'avion curieux prouvaient bien qu'il se passait quelque chose de très important.

« Mais qui c'est ? Mais qu'est-ce qu'ils font ! criaient les femmes.

— T'occupe pas, beauté, disaient les flics en repoussant la viande suante.

— Me touchez pas, grande brute ! J'ai bien le droit de prendre un bain de soleil !

— Allez mignonne, allez vous rhabiller, vous reviendrez demain.

— Mais qui c'est, mais qu'est-ce qu'ils font ?

— Rentre chez toi, bébé, tu le demanderas à papa...

— Me touchez pas, satyre ! Laissez mon soutien-gorge !

— Attention mignonne, attention, rattrape-les, ils se sauvent ! »

Le secrétaire à la Recherche poursuivait :

« Voilà, maintenant vous savez tout. Le moyen que je viens de vous exposer et dont nos services disposent dès maintenant est d'une efficacité absolue et totale. Nous l'avons testé des centaines de fois. Toujours positif. De toute évidence il peut mettre fin à la guerre...

— Bouarff ! hurla le général Sunhorn. Répugnant ! Votre " moyen " est répugnant ! Jamais mes hommes ne l'emploieront ! Ni la marine, ni l'aviation, ni l'armée de terre ! Jamais ! La guerre, c'est la guerre, c'est pas une chiennerie ! Jamais je ne donnerai des ordres pareils ! Quand on est militaire on tue, c'est normal, on joue pas des tours pareils ! Jamais ! J'aime mieux crever !

— Calmez-vous, Suny, calmez-vous ! dit le Président. Nous pouvons toujours demander à Billy de mettre en route la fabrication de son " moyen ", sans attirer l'attention. Est-ce que c'est possible rapidement, Billy ?

— Bien entendu, dit W. R. J'attire cependant votre attention sur l'énorme responsabilité que nous encourrons en l'utilisant. La bombe H, à côté, n'est qu'une bulle de chewing-gum. Je pense, de toute évidence, qu'il nous faudra bien réfléchir et délibérer avant de nous décider.

— Nous réfléchirons, nous réfléchirons ! dit le Président. Fabriquez, nous réfléchirons en attendant. Et dépêchez-vous ! Suny, faites donc signe au papillon, là-haut, qu'il descende nous chercher. Je suis cuit comme un steak au poivre. Au nom de toute la Nation, je vous remercie, Billy, vous et vos collaborateurs. Vous nous avez apporté la première bonne nouvelle depuis trente ans. Allez on embarque... »

Mais le pilote de l'hélicobus, qui tournait depuis une heure à la même altitude sur le même rayon autour du même point virtuel, avait pris le tournis. Il était persuadé qu'il était immobile et que c'était le paysage qui tournait autour de lui. D'ailleurs il avait appris ça à l'école : la Terre tourne. D'habitude on ne s'en aperçoit pas, lui s'en apercevait pour la première fois. La Terre tournait autour de lui, essayait de l'aspirer et de l'avaler. Il se cramponnait à son manche, crispé sur son siège, ratatiné, durci, en transe, épouvanté, il tournait.

La foule féminine sur la plage vit les bustes s'agiter, les bras gesticuler, et devina qu'il se passait quelque chose. Elle voulut voir, savoir, elle avait chaud, elle était énervée par l'odeur mâle des policiers qui étaient pour la plupart des hommes forts et jeunes. Les femmes poussèrent et crièrent une clameur sauvage. Le cordon policier fut rompu et ses fragments engloutis. Chaque flic disparut au centre d'une mêlée pinçante, griffante, arrachante et mordante d'où jaillissaient par moments un lambeau d'uniforme, une poignée de cheveux, une oreille.

Le Président dit :

« Il finira bien par nous voir. Il y a bien longtemps que je n'ai pas eu le loisir de prendre un bain de mer... Profitons un peu de notre temps. Je vais vous apprendre une ronde que je dansais avec les enfants de la fermière, en France, quand je préparais ma thèse sur l'économie agricole dans les pays en voie de sous-développement. J'avais vingt-deux ans. Seigneur que c'est loin ! Je vais vous l'apprendre. Donnez-vous la main... »

Il chanta. Et ils dansèrent. Et ils chantèrent en chœur en tournant :

> *Dansons la Capucine*
> *Y a pas de pain chez nous*
> *Y en a chez la voisine*
> *Mais ce n'est pas pour nous*
> *Iou !*

En criant *Iou !* ils s'accroupissaient tous ensemble dans l'eau. Puis ils se redressaient et ils recommençaient. Ils étaient heureux, même le général, ils avaient retrouvé leur enfance, ils tournaient, l'hélicobus tournait, les glisseurs et les avions tournaient, la Terre tournait, l'Univers tournait dans la pensée du Créateur.

Or, le matin du jour où se tint ce Conseil fameux, auquel l'Histoire donna le nom de Conseil des Baigneurs, le coiffeur du Président était venu, comme chaque semaine, lui rafraîchir sa coupe de cheveux. Et il lui avait fait, comme d'habitude, un shampooing et une friction. Depuis un an et trois mois s'acheminait vers l'honnête coiffeur, par astuces, corruption, menaces, substitutions, fanatisme, effraction, coïncidences, un flacon de la lotion qu'il utilisait habituellement pour frotter la tête du Président. Et ce matin-là, ce flacon-là se trouva sous sa main. Il contenait bien la lotion ordinaire, mais dans laquelle les services secrets de la République socialiste chinoise avaient introduit environ un million d'émetteurs radio moléculaires, invisibles non seulement à l'œil mais au microscope.

Honnêtement, le coiffeur en déversa quelques milliers sur les cheveux du Président, en élimina une grande partie en lui frottant le crâne avec une serviette, en expulsa d'autres avec le peigne. Mais quand le Président se trouva planté tout nu au milieu de la baie, sa tête chaude envoya vers le ciel, par quelques centaines d'émetteurs rescapés, des signaux perceptibles par plusieurs des satellites espions stationnés au-dessus des Etats-Unis.

Rien n'eût échappé aux écoutes chinoise, russe, européenne, indienne, et diverses, de la décision extraordinaire prise par le Conseil des baigneurs si le Président n'avait pris plaisir à se plonger fréquemment tout entier dans l'eau, y compris la tête. De sorte qu'il y eut de moins en moins d'émetteurs dans ses cheveux et de plus en plus dans la mer. Et ces derniers entendirent et transmirent le bruit des vaguelettes, les cris des poissons, les grincements des écailles, le frou-frou du sable, l'éclatement des bulles, tout le tumulte marin que les oreilles humaines n'entendent pas, et qui assaillit, découpa, recouvrit la conversation des ministres. Ne restèrent compréhensibles que des lambeaux de phrases et un nom qui revenait avec insistance :

« ... Helen...

— ... un crabe...

— ... Helen...

— il me bouffe les pieds !...

— ... confiance à Helen...

— ... chiennerie !...

— ... Merde ! Un oursin !...

— ... mettre fin à la guerre...

— ... activer Helen...

— ... *y a pas de pain chez nous...* »

Cette dernière phrase, chantonnée en français de façon horrible, fut très difficile à décrypter. Elle paraissait appartenir à la pure propagande, à ce que les services spécialisés nomment la désinformation, et appuyer indirectement la demande de prêt que les U.S.A. venaient d'adresser à l'Europe.

Ce n'était évidemment pas cela l'important du

message, qui semblait bien avoir été volontairement émis au terme d'une mise en scène grotesque destinée à attirer l'attention internationale, mais la phrase terrible « mettre fin à la guerre », et le nom sans cesse répété : Helen.

Qui était cette Helen ? Qu'avait-elle trouvé ? Par quel moyen pourrait-elle mettre fin à la guerre ? Les alliés des U.S.A. comme leurs adversaires connaissaient parfaitement leur armement, l'évident comme le secret, toutes les cachettes de leurs bombes en silo, tous les itinéraires des missiles ambulants et sous-marins, et toutes les orbites des Bombes satellisées. Rien de cela ne pouvait mettre fin à la guerre, sauf par un embrasement général.

Les Chinois et les Russes se mirent en état d'alerte totale, le doigt sur le bouton. Mais n'osèrent pas le presser. Et tous les services secrets du monde cherchèrent à identifier Helen.

Le Conseil de l'Europe occidentale, bien heureusement épargnée jusque-là par le conflit, projeta des diplomates dans toutes les directions pour calmer les esprits, apaiser, détendre, rassurer. Après tout, il ne s'agissait sans doute que d'un coup de bluff...

Et les jours et les semaines passèrent, et rien ne se passa. La guerre continuait. Les armées américaines se repliaient partout. Les Chinois débarquèrent au Japon, et parachutèrent trois armées sur l'Australie.

Pour la première fois depuis toujours, l'Europe était neutre, et s'enrichissait.

Judith venait d'avoir quinze ans.

A 7 h 9 du matin, exactement.

Elle s'était éveillée quelques minutes auparavant, la bouche fraîche et ses doigts de pied épanouis en bouquets roses. Vénus, Mars et Jupiter traversaient son ciel de naissance en maison 10 (le milieu du ciel) lui promettant par leurs aspects un avenir exceptionnel et même sensationnel, où la passion, les luttes et la renommée auraient des places égales. Mais Saturne jetait un sombre regard sur ce paysage céleste, et risquait d'y faire lever la tempête.

Judith n'en savait rien, et de toute façon ce n'était pas pour un avenir immédiat. Dans l'immédiat elle avait faim, et se réjouissait comme chaque jour à la pensée des deux croissants croustillants qui allaient lui arriver sur le plateau d'argent avec le café de Colombie et le lait normand.

Depuis que son père avait été nommé à Paris, elle s'était habituée aux petits déjeuners français et ne se souvenait pas sans quelque haut-le-cœur des petits déjeuners anglais qui les avaient précédés quand son père était en poste à Londres, avec les horribles œufs au bacon et le thé-tisane. Elle avait une grande affection pour son père. Elle se moquait gentiment de lui en prononçant son prénom à la française, ce qui faisait très féminin : Valentine... En américain on prononce Véluntaïn, c'est différent.

Valentine W. Ashfield, attaché culturel à l'ambassade américaine, était un homme souriant, blond, grand, mince et un peu courbe, à l'image de son prénom. Il avait épousé la très belle, très intelligente et très riche héritière d'une lignée de banquiers mormons. Le charme et la fortune de sa femme avaient facilité sa carrière et, par les relations qui lui affluaient grâce à elle, beaucoup aidé l'essentiel de son activité, dont elle ignorait tout.

C'était elle qui avait choisi pour sa fille les prénoms de Judith et Salomé, respectivement prénoms de sa mère et de sa tante. Mais elle ne connaissait rien des destinées bibliques auxquelles ils étaient attachés. Elle avait totalement rompu avec la tradition religieuse des mormons, et n'avait jamais ouvert le Livre saint.

Judith était leur seule enfant. Elle l'adorait, sans une miette de cette jalousie féminine que les mères éprouvent souvent sans s'en rendre compte, en voyant grandir leurs filles. Elle s'inquiétait de la voir ressembler un peu trop à son père, longiligne, maigrelette. A son âge, pas encore de seins, juste les petits bouts pointus sur deux collinettes. Mais ça allait s'arranger vite, sûrement. Et par bonheur, elle avait les fins cheveux blonds paternels. Elle les gardait longs, elle les tressait la nuit, et le jour ils encadraient son visage d'un calme courant de lumière. Elle n'avait hérité ni les yeux de sa mère qui étaient marron, ni ceux de son père, bleus. Elle était allée chercher dans Dieu sait quelle lointaine ascendance des yeux étranges, immenses, couleur d'ambre clair presque transparent. Quand elle souriait, son visage s'illuminait tout à coup d'une gaieté de petit chat, ses yeux s'étiraient vers les tempes et se fermaient presque, laissant apparaître, au milieu d'une étroite fente, un éclat d'or.

Sa mère lui apporta elle-même son petit déjeuner, avec quinze roses dans un vase bleu. Elle s'assit sur le bord du lit et embrassa sa fille sans rien renverser. Elle lui souhaita d'être très heureuse et il n'y avait pas de raison pour qu'elle ne le fût pas. Judith trempa son croissant dans son café au lait, ce qui ne se fait pas chez les gens bien élevés mais c'est si bon, et elles bavardèrent en riant, des phrases sans importance, simplement pour la joie.

Mrs. Rebecca Ashfield était brune et très légèrement dodue. Elle était coiffée cette semaine à la garçonne, la dernière mode rétro-rétro, avec des virgules pointues sur ses joues rondes. Les deux femmes, si dissemblables de couleurs et de lignes, s'harmonisaient comme deux fleurs différentes d'un jardin, baignées ensemble par les rayons du soleil qui dessinaient sur le lit la dentelle des rideaux de la fenêtre. Elles ignoraient toutes deux ce qu'annonçaient les planètes. C'était pour plus tard, mais les éléments et les personnages principaux devaient se mettre en place cette année. Le ciel préparait un nœud. Le bouquet de roses, les croissants et le café au lait mêlaient leurs parfums à celui de l'eau de toilette de Mrs. Ashfield, un peu citronnée, pour le matin, et enveloppaient l'adolescente de chaudes volutes de bonheur qui la pénétraient jusqu'au cœur. Elles chassèrent cette vague mais fréquente anxiété qui l'habitait souvent au réveil. Elle la retrouvait blottie au-dedans d'elle-même comme une petite bête brumeuse, mauvaise. Elle ne savait pas d'où elle venait, elle ne faisait pas de cauchemars, elle digérait bien, elle ne manquait de rien, elle ne détestait personne et personne ne lui voulait du mal, elle ne pensait jamais à la guerre, elle baignait dans l'amour et le confort. Mais presque chaque matin, l'angoisse était là, avec son poids léger et gris, juste au milieu de son corps, un peu sur la gauche. Elle la sentait comme une présence physique. Cela se dissipait très vite, au premier pied par terre, ou dans le bain chaud. Elle n'en avait pas parlé à sa mère. Celle-ci l'aurait fait examiner par trente médecins, qui n'auraient sûrement rien trouvé.

Judith Salomé Ashfield, tel était son nom complet. Ce n'était pas un nom paisible. Chacun de ses trois éléments allait marquer son destin. Ashfield signifie « champ de cendres ». C'est un nom très anglais. Beaucoup de gens l'ont porté, dont la vie n'a pas été dramatique. Il est des hommes et des femmes sur qui les noms qui leur sont donnés à leur venue au monde n'exercent aucune influence, car ils naissent avec une peau de crocodile. Judith avait une peau de soie, et un cœur de miel et de flammes.

Mrs. Ashfield invita les amis de sa fille à fêter ses quinze ans en un grand casse-croûte polyvalent, dans les salons de l'appartement familial, place des Vosges, au deuxième étage de l'hôtel Saint-Valentin, merveilleusement restauré pendant les années 70.

Mrs. Ashfield avait trouvé très drôle de pouvoir habiter une maison non seulement historique, luxueuse, confortable et belle, mais qui portait presque le prénom de son mari. Le traitement de celui-ci ne lui aurait pas permis d'en payer le loyer astronomique. La fortune des mormons y pourvoyait, ce qui ne gênait nullement Valentine W. Ashfield. Il avait une fois pour toutes accepté ce don du ciel et de sa femme, avec tendresse et sans complexes.

Judith avait mis pour accueillir ses amis une jupette en taffetas raide, de forme et de couleur mandarine, sur des collants jaunes, et une sorte de pull en tricot bleu ciel brillant, à manches courtes, d'où sortaient ses coudes pointus.

Sa mère avait hoché la tête en la regardant. Elle avait dit :

« C'est curieux... »

Elle ne s'était pas permis de critiquer. Elle avait une autre conception de l'assortiment des couleurs, mais après tout, dans ce domaine, qui a raison ?

A mesure que les garçons et les filles arrivaient, elle se rendait compte d'ailleurs que Judith était dans le vent. Les jupettes à la mode cet été avaient toutes les formes et toutes les couleurs flamboyantes. Les couleurs des pantalons ne leur cédaient guère. Les plumes des oiseaux exotiques, dans la volière qui couvrait le mur ouest du salon Louis XIII, en furent éclipsées.

Mrs. Ashfield, amusée, ouvrit les portes de la cage, légère, aérienne, dorée, fabriquée en 85 d'après une lithographie de Carzou. Les colibris sortirent les premiers, en éclairs écarlates. Puis d'autres se risquèrent selon leur curiosité ou leur courage. Bientôt, cent paires d'ailes brassèrent l'air du salon en bruits de soie ou de rafales. Le courou-courou alla se percher sur le cadre d'un tableau de Lorjou représentant un cheval dont la tête avait la même couleur que la sienne : verte. Le grand paradisier tournait au-dessus de la table en poussant des cris de grenouille. Il avait envie d'une framboise. Il piqua vers le buffet et remonta, le bec plein, se percher dans le lustre de baccarat qui se mit à tinter des pendeloques.

« Quoi ? Quoi ? » demanda le corbeau blanc.

Il était resté au fond de la cage. Il se méfiait, il n'y voyait plus très clair, il était très vieux, il avait plus de cent ans. Les Ashfield l'avaient apporté d'Amérique. Un hiver, pendant leurs vacances en Floride, il était venu se poser au bord de leur fenêtre. Il leur avait dit son nom : « Ha-ha », c'était ce qu'il prononçait. Il parlait quelques mots, tous en « a » ou en « o ». Il avait faim et il avait eu froid, il venait de New York, où il neigeait. Ils le nourrirent, et il resta. Depuis, sous l'effet de l'âge, la partie supérieure de son bec s'était tordue vers la droite. Il ne pouvait plus picorer. Il fallait lui faire des bouillies. Il y plongeait le bec et les aspirait, comme un cheval qui boit.

Il se décida à quitter son abri et se risqua en un vol plané circulaire qui aboutit au bord d'une soupière de Limoges pleine de mayonnaise aux œufs de caille. Il en aspira une gorgée, trouva que c'était trop gras, se secoua, s'envola avec fracas et vint se poser sur la plus haute tête. C'était la tête rousse de Rohr O'Callaghan.

« Oh ! Chante ! Comme ça ! Ne bouge pas ! » demanda Judith.

La voix de « Rory » était célèbre chez les Américains de Paris, et surtout parmi les nombreux jeunes que leurs parents avaient envoyés continuer leurs études « à l'abri », en Europe.

« Je mange d'abord ! » dit-il.

Il piqua une tranche fumante de saucisson de Lyon à la pistache.

« Quoi ? Quoi ? » demanda le corbeau blanc.

Ça semblait bon, mais il ne pourrait pas l'avaler. Il s'élança, se posa près d'une noix de coco ouverte et s'y plongea jusqu'au cou. Il en ressortit trempé et satisfait. Il s'ébroua et proclama son nom :

« Ha-ha ! »...

Son nom était Shama, mais il le prononçait mal. Il était né en France, il avait traversé l'Atlantique pour précéder son maître Thomas à New York[1]. Il lui avait survécu. Les hommes ne durent pas longtemps.

---

1. Dans : *Les Dames à la Licorne*, de R. Barjavel et Olenka de Veer — IIe partie : *Les Jours du Monde*.

Rory prit une cuillerée de caviar... Il y avait aussi de la soupe aux choux, du foie gras d'oie et de canard, de la saucisse d'Auvergne, du saumon fumé, du pied de cochon, et des olives de Nyons, des figues du jardin de Lydie, tous les fromages qui ne sentent pas mauvais, et des fruits des quatre saisons. Et bien d'autres choses. On buvait des sirops, des jus de fruits et de l'eau glacée.

Dans l'Europe en paix, les jeunes ne buvaient plus d'alcool. Ils ne se réfugiaient plus dans la drogue, ils ne se pilonnaient plus le système nerveux à la sono des musiques hurlantes. L'énormité de la guerre qui brûlait un tiers du monde, la certitude du danger de la voir s'étendre en quelques secondes aux deux autres tiers, les avaient d'abord emplis de stupeur, puis de la conscience de leur chance extraordinaire, et du bonheur extrême d'être vivants. En même temps ils savaient, dans leur esprit et dans leur chair menacée, que la vie, leur vie, la vie de tous, pouvait se terminer tout à coup, sans avertissement, dans une grande flamme d'enfer.

Ces deux certitudes, toujours présentes dans leur veille et leur sommeil, rendaient chaque instant de leurs jours précieux comme un diamant unique. Ils savaient qu'ils étaient heureux. C'était nouveau. Dans les générations précédentes, beaucoup de gens étaient heureux, mais ne le savaient pas, et gémissaient leur malheur.

En Europe, il était devenu difficile de se prétendre malheureux. On jouissait de l'abondance en plus de la paix. Les nations épargnées par la guerre vendaient aux belligérants non seulement des armes qu'il fallait sans cesse remplacer, mais tous les produits manufacturés que les industries des combattants n'avaient plus le loisir de fabriquer, et des nourritures dont on accélérait la production dans des serres démesurées. La Beauce, couverte de plastique, chauffée au pétrole inépuisable de la Crau, donnait trois récoltes de blé entre avril et octobre. Les usines tournaient vingt-quatre heures par jour, le chômage avait disparu partout. Le gouvernement de la VIIe République française avait doublé les salaires, diminué les impôts, supprimé les cotisations de la Sécurité sociale. Des usines nouvelles surgissaient du sol chaque jour, de plus en plus automatisées, ce qui avait permis de réduire la semaine de travail à vingt heures. L'inflation tendait vers zéro, les prix baissaient même chez les bouchers, les vignerons du Midi transformaient leur vin en alcool « de riz » pour les soldats chinois, il ne restait de mécontents que les professionnels de la grogne, syndicaux ou politiques. Ils se taisaient les uns après les autres. Personne ne les écoutait plus.

Cent mille chars soviétiques, disposés en pointillés de la Baltique à l'Adriatique, toutes leurs fusées nucléaires pointées vers l'ouest, veillaient sur la neutralité de l'Europe occidentale, la mettant « à l'abri » d'un débarquement américain.

La Russie, elle-même neutre, était également sous surveillance. Des bancs frétillants de missiles européens immergés, programmés sur ses villes, garantissaient la neutralité de l'empire soviétique. Les belligérants et les neutres avaient presque complètement abandonné les sous-marins habités. Les missiles avaient conquis leur indépendance. Ils naviguaient comme des poissons, autonomes, isolés ou en groupes, obéissant aux ordres venus de loin ou enregistrés. Dans les mers européennes ils étaient par endroits aussi nombreux que les harengs.

Quelques sous-marins atomiques géants, les derniers, démodés, vulnérables, traînaient au fond des abysses leur ventre nostalgique dans lequel croupissait leur équipage. Ils avaient de plus en plus de difficultés à regagner la surface quand c'était nécessaire. Ils rampaient au ras des boues préhistoriques, jusqu'à ce qu'ils eussent décelé une brèche entre les essaims de missiles qui fourmillaient au-dessus d'eux, toutes tailles et nationalités mêlées, glissant, accélérant, freinant, vibrionnant, dans l'attente de l'ordre brutal qui les dresserait à la verticale et les lancerait hors de l'eau, chacun vers sa proie.

Parfois l'un d'eux, énervé, mordait la queue de son voisin, qui en mordait une autre. Ça déflagrait en chaîne, tout un morceau de l'océan sautait.

Le long des sept mille kilomètres de la frontière russo-chinoise, des forêts de fusées atomiques étaient enterrées, de part et d'autre, sous le gazon, les cailloux ou le béton. Certaines étaient là depuis si longtemps qu'au-dessus d'elles des pommiers avaient poussé et portaient fruits. On ne remplaçait pas les anciennes. On en enterrait de nouvelles, de la dernière perfection. On ne savait plus combien il y en avait. On comptait par rangées. Sur toute la longueur. Les russes étaient tournées vers la Chine, et les chinoises vers la Russie. Elles garantissaient la grande amitié réciproque.

Partout ailleurs, la lutte continuait. Dans le grand désert australien, une bataille monstrueuse se déroulait entre les armées chinoise et australo-américaine, avec des chars comme des montagnes, hérissés de canons mitrailleurs, avec des fantassins blindés et des tueurs nus, au laser, au couteau, à la matraque, à coups de dents. C'était la bataille décisive. Si l'Amérique la perdait, il faudrait peu de temps pour que le Pacifique devînt un océan chinois. Mais elle avait l'espoir de la gagner. La Chine connaissait à son tour l'étirement des distances entre elle et ses armées. Les semaines à venir allaient peut-être voir basculer la situation militaire. Le sort du monde était en train de se jouer sur les sables australiens.

Judith ôta une brochette de boudins aux amandes de la main de Rory.

« Tu as assez mangé, chante!... »

Elle lui essuya les lèvres de son mouchoir de dentelle et posa sur elles un baiser de mésange.

« C'est bon!... » dit Rory.

Il repoussa un plateau de mini-sandwiches et s'assit sur le coin de la table Renaissance. Elle provenait d'un couvent. Elle avait six mètres de long et six centimètres d'épaisseur. Du chêne.

Rory fermait à demi les yeux. Il faisait semblant de chercher ce qu'il allait chanter, mais le savait parfaitement. Il cabotinait un peu, assez intelligent pour s'en rendre compte. Il sourit, se moquant de lui-même. Très photogénique, avec ses cheveux flamme en mèches folles et ses yeux verts, il aurait pu envisager de faire une carrière à la T.V. et à la vidéo. Mais il avait dix-sept ans et trois mois. Dans un trimestre il allait être appelé à l'armée et lancé dans le mixer sanglant. Il n'en parlait jamais. Ses copains de son âge non plus. Il fallait y aller. Ce n'était pas une « guerre honteuse » mais une défense désespérée et absurde. Mourir pour survivre... Les moins âgés n'y pensaient pas. De plus âgés, il n'y en avait point.

Bob Filman s'assit à ses pieds, et tira de sa poche son harmonica électrique. Il avait les cheveux longs, noirs et gras, à la façon 80. Les joues maigres et de l'acné. Mais il jouait avec génie. Il accompagnait souvent Rory. Il était le seul à porter un blue-jean. La mode avait tenu longtemps. Pratique, inusable. Mais elle cédait devant le nouveau pantalon de l'armée U.S., en fibre de verre, indestructible. Filée en Allemagne, tissée à Lyon, coupée au Creusot, cousue à Milan.

Il se lança dans une fantaisie folle que les baffles sans membrane diffusèrent comme une musique née de l'air, appelant, nul ne résiste, impossible, sirène. Tout le monde arriva au grand salon, même les adultes qui venaient de manger chaud au champagne et fumaient dans la bibliothèque.

Peu à peu une phrase musicale se dégagea, et un soupir de satisfaction sortit des bouches adolescentes. On avait reconnu le grand succès de Rory : *Holy Sage*, la version américaine de *La légende de la sauge*, extraite du *Jongleur de Notre-Dame*. Massenet était la folie mondiale du moment. Les jeunes avaient découvert avec délices son romantisme et la grâce de ses mélodies. Ils le chantaient, le jouaient, le découpaient, le syncopaient, l'accommodaient à d'incroyables sauces.

La voix de Rory avait réduit tout le monde au silence et à l'immobilité. Aucun crooner des époques glorieuses de la chanson n'en avait possédé une aussi belle, aussi chaude, aussi pleine même lorsqu'il l'éteignait jusqu'au soupir. Garçons et filles, assis, allongés par terre, debout, le regardaient et l'écoutaient totalement, envoûtés. Les adultes se figeaient en entrant dans le salon. Les derniers oiseaux qui pépiaient se turent. Judith, assise sur la moquette vert amande à trois pas devant Rory, ses mains croisées serrant ses genoux, levait vers lui son visage et ses yeux immenses grands ouverts.

Olof, qui arrivait de la bibliothèque, un album de bandes dessinées à la main, vit ce gouffre de lumière, et s'y noya.

Et la Vierge, bénie entre toutes les femmes,
A béni l'humble sauge entre toutes les fleurs...

Rory a chanté les deux derniers vers en français. Silence absolu. On ne peut applaudir. On a larme aux yeux et plexus crispé. Alors Rory se dresse, lève les bras en corbeille au-dessus de sa tête et crie le même air, accéléré, sur un rythme de gigue irlandaise. Il danse. Ses longues jambes, dans son pantalon vert pomme, s'agitent comme lianes au grand vent.

« Ouaaouh ! »

Dégel brusque. L'émotion en miettes. Joie. Judith fait face à Rory et se jette dans son rythme. En quelques secondes tous les jeunes dansent. Bob, debout sur la table, piétine les yaourts. Son harmonica sature les baffles, les vieilles briques de Saint-Valentin frémissent et retrouvent le rose de leur jeunesse. Les oiseaux affolés tourbillonnent.

Ils sont fous ! pense Shama. En trois coups d'aile et un glissé il rejoint sa petite maison dans la cage, ferme l'œil et s'endort. Le grand paradisier palpite au ras du plafond comme un cerf-volant emporté et perd ses longues plumes d'or. Mrs. Ashfield en attrape une au passage, la pique dans ses cheveux. Elle est enchantée. Sa fête est réussie.

Elle avait voulu mettre Olof, à cause de son âge, avec les amis de sa fille. Il n'avait que vingt et un ans. Mais son mari avait résisté gentiment et gardé le jeune savant parmi les adultes, près de lui. C'était lui qui l'avait invité. Olof était un de ces gros cerveaux précoces qui cravachaient la science et la technique. Son gouvernement l'avait délégué au C.E.R.S., le Centre européen de recherches spatiales, à Meudon. Et au sein du C.E.R.S. il avait constitué un petit groupe de chercheurs aux idées très audacieuses, qui intéressaient énormément l'attaché culturel américain.

En bavardant, entre le homard new cuisine, aux aubergines demi-crues fourrées de grains de cassis demi-cuits et les très classiques grives au genièvre, le champagne aidant, il avait tiré de lui quelques bribes d'informations intéressantes. Pas assez. Il se promettait de le revoir, il constatait avec plaisir que le jeune homme ne quittait pas des yeux Judith et la suivait partout. Il le vit prendre tout à coup la main de sa fille, qui lui tournait le dos, la faire pivoter vers lui. Judith, surprise, l'écoutait et le regardait, puis hochait la tête, répondait, battait des mains, joyeuse et grave.

« Un cosaque..., murmura Mr. Ashfield.

— Ecoutez ! Ecoutez ! » cria Judith.

L'harmonica coupa net son charleston, et égrena trois fois les quatre notes qui terminaient les danses, jadis, dans les bals auvergnats et bourbonnais. Toute la jeunesse dansante moderne en connaissait la signification :

« Bisez-vous donc ! Bisez-vous donc ! Bisez-vous donc !... »

Les couples se bisèrent et se turent.

« Il y a un type, là, dit Judith, qui m'a dit... »

Elle se tourna vers lui :

« Comment tu t'appelles ?

— Olof, dit Olof.

— Tu es russe ?

— Polonais...

— Il a dit, dit Judith, qu'on devrait finir la nuit à la P4. Qu'est-ce que vous en pensez ? »

Le silence profond qui s'établit fut une réponse. D'accord...

« C'est pas tellement loin, on y va à pied ! dit Judith. En route !... »

Dans une rumeur d'approbation, garçons et filles se dirigèrent vers les portes. C'était de nouveau la joie, mais grave.

Judith, étonnée, regarda la main d'Olof qui s'était fermée autour de son bras gauche. Il l'accompagnait, il la guidait, il ne la lâchait pas. Au passage, sa mère lui posa sur les épaules une écharpe de mohair couleur de miel. On était en juillet, à trois jours des vacances, mais les mères ont toujours peur, pour leurs filles, de la nuit et du froid. Elle regarda Olof avec plus d'attention et non sans un soupçon d'inquiétude. Ses cheveux noirs en désordre, ses yeux bleus très clairs dans l'ombre des orbites profondes, ses joues creuses sous les pommettes avancées lui donnaient un air sauvage. Mais son mari lui avait vanté son intelligence exceptionnelle. Et Judith était un bébé. Mrs. Ashfield se rassura.

Si elle avait su...

Elle eût sans doute, sur-le-champ, tué Olof. Avec un couteau, avec ses ongles, une bouteille, n'importe quoi, tout de suite... L'anéantir.

Elle ne savait pas. On ne sait jamais rien. Sauf ce qui est sans importance.

Au bout de la rue de Birague, Judith et ses amis tournèrent vers l'ouest dans la rue Saint-Antoine, en direction de la Cathédrale œcuménique où tous les cultes réunis faisaient monter nuit et jour, vers le ciel, qui ne semblait rien entendre, une Prière Perpétuelle Pour la Paix. La P.P.P.P. On disait brièvement P4.

La Cathédrale œcuménique, la C.O., c'était le nom nouveau de Notre-Dame de Paris.

Les Européens, et les Français en particulier, profitaient tous de leur paix, c'est-à-dire, directement ou indirectement, de la guerre des autres. Elle les engraissait et les couvrait de superflu. Cela ne les empêchait pas d'être assidus à la P4, croyants ou pas. Malgré l'abondance qu'elle faisait régner, la guerre lointaine inspirait à tous la terreur. Car elle pouvait bondir et se trouver ici, tout à l'heure, maintenant...

La prière perpétuelle qui montait de la vénérable cathédrale était devenue le cri d'espoir et de désespoir de toute la terre, combattante ou non. Chaque Parisien venait, un moment ou l'autre, y participer en chantant la phrase unique. C'était une sorte d'attraction magnétique, d'obligation irrésistible. Et même s'il y allait à reculons, une fois plongé dans la ferveur, il brûlait comme un fétu. Toutes les nations y envoyaient des délégations malgré les dangers des voyages. Les Américains y étaient nombreux, les Chinois y entretenaient en permanence un chœur marxiste. Les graves basses russes faisaient trembler la rosace.

Judith et ses amis commencèrent à chanter en franchissant la Seine sur le pont d'Arcole. Le grand souffle sonore qui venait de l'île les absorba. Le parvis était un brasier de lumière. Il y avait eu pluie et grand vent dans l'après-midi, mais le ciel s'était dégagé et dans l'air devenu extraordinairement immobile, les flammes de milliers de cierges et de torches éclairaient la multitude des fidèles debout, agenouillés, couchés, les bras en croix, qui chantaient ensemble, dans toutes les langues du monde, sur les mêmes notes, la même simple phrase indéfiniment répétée : *Dieu, donne-nous la paix !... Dieu, donne-nous la paix !...* Ils traversèrent lentement la foule et entrèrent dans la nef aux portes grandes ouvertes. Les lumières et la ferveur formaient un seul flot à l'intérieur et à l'extérieur. De lents courants l'animaient entrant ou sortant, files de cierges qui coulaient parmi les immobiles, groupes sombres étirés qui allaient chercher des flammes, cinq bonzes en robe safran, l'un derrière l'autre...

L'intérieur de la nef flambait, projecteurs multicolores accrochés partout, vitraux éclairés du dehors, et toujours les cierges par milliers. Tous les cultes les avaient adoptés. Des affiches et des inscriptions véhémentes couvraient les murs et les colonnes. « Dieu, qu'est-ce que tu attends ? » « Marre de la guerre ! » « Les Chinois aux chiottes ! » « Les U.S.A. l'ont dans le baba ! » « Nous VOULONS la paix, fous-nous-la ! » Un poster de 150 mètres carrés pendait au-dessus du chœur, représentant la guerre sous la forme d'un Satan dont les cornes étaient des Bombes, précipité une seconde fois aux enfers par un Dieu orange phosphorescent, non figuratif à cause des protestants et de l'islām.

La chapelle de gauche en entrant était occupée par les Noirs du vaudou et les Krishna au crâne rasé. Celle

48

de droite en face par les néo-druides et le renouveau albigeois, et ainsi de suite. Il avait fallu se serrer pour accueillir le plus d'Eglises possible, les tāntristes, les bouddhistes, les mazdéistes, les parsis, les taoïstes, l'islām sunnite et l'islām chiite, et les juifs et les servants du Grand Manitou, et les catholiques maronites et orthodoxes, et d'autres... Les chapelles, même bourrées, n'avaient pas suffi. Il y avait des cultes partout, sur une chaise, derrière un pilier, sur des pilotis ou des plates-formes suspendues. L'autel du chœur était resté catholique romain. Chacune de ces Eglises avait son orchestre, parfois un seul instrument que la sono amplifiait. Ils se relayaient ou se superposaient pour accompagner la prière.

La nef grondait de musique. Un tam-tam roulait dans la clameur des trompettes quand Judith et ses amis entrèrent dans la C.O. Rory s'empara d'un micro et se mit à chanter. L'harmonica de Bob résonna sur sa voix superbe, déclencha l'orgue électrique qui explosa de tous ses registres, réveilla l'organiste des grandes orgues qui dormait, exténué. Secoué, il libéra des pieds et des mains l'ouragan des tuyaux gigantesques, tous les instruments vinrent à la rescousse, le fifre et le gong, les six pianos à queue de la New Church, les trompes tibétaines, les cors, les violons, les tambours, la flûte d'or, les harpes de l'Angélus, et tout à coup, baoum, le bourdon énorme, le coup monstrueux de bronze, baoum, le cataclysme, tout tremble, la cathédrale s'arrache à ses racines de pierre, baoum, cent mille voix clament la phrase, Dieu! baoum! Donnenous la... baoum! paix!... Les flammes des cierges s'unissent, ronflent, jaillissent plus haut que les tours, une seule flamme, baoum, rugissante, le vaisseau de pierre va décoller, c'est la fusée du monde, s'envoler, crever la nuit, aller percer le cœur de Dieu...

Judith sanglote. Olof ne l'a pas lâchée.

« Viens, dit-il, viens voir le ciel... »

Olof poussa, tira Judith à travers la foule et le brasillement des cierges, et la conduisit jusqu'à la porte de la tour sud. L'ascenseur, en cinq secondes, les hissa au sommet. Sa porte glissa, ils entrèrent de plain-pied dans la coupole qui coiffait la tour. Si on ne connaissait pas son existence, on ne la voyait pas. Elle était faite d'un plexiglas antibruit épais, totalement transparent, qui refusait les reflets et rejetait la poussière et les dépôts de la pluie. Le bourdon avait cessé de gronder. La porte de l'ascenseur se referma sur les échos de la musique et des chants. La coupole devint une énorme goutte de silence. Des projecteurs et des flammes du parvis cachés par la tour montait une clarté diffuse qui semblait être la matière du monde. On n'entendait plus rien de la rumeur de la prière. C'était un silence total, illuminé, par le bas, de rose et de pourpre, comme si un soleil était en train de se coucher aux pieds de la cathédrale, très loin, très bas.

Au centre de la coupole se dressait une petite plate-forme circulaire de marbre blanc, à laquelle on accédait par quelques marches. Olof y conduisit Judith qui tremblait. Elle se trouva au-dessus de tout, dans un espace sans limites. Sans appui pour son regard, elle se sentit basculer, et se cramponna au bras d'Olof, en fermant les yeux.

Il lui dit doucement :

« N'aie pas peur. Je te tiens... Lève la tête... Regarde... »

Elle leva la tête et regarda.

Toutes les étoiles étaient là.

Les deux orages et le grand vent de l'après-midi avaient nettoyé le ciel de Paris. Les étoiles ! Elle ne les avait jamais vues...

On ne regarde pas en l'air, dans la ville, la nuit. On n'en a pas l'occasion, pas le temps, entre la portière de la voiture et la porte de l'immeuble. Et s'il arrive qu'on soit en train de marcher et que par accident on lève son regard, on voit un plafond gris ou rosâtre, parfois un morceau de lune pâle. Les étoiles ne percent pas les fumées.

Elles étaient là. Il n'y avait plus qu'elles. Elle n'osait pas regarder vers le bas. Elle avait peur de les voir là aussi, en rond au-dessous d'elle, autour d'elle, partout. Elle s'appuya contre Olof, elle murmura :

« Que c'est beau... Que c'est beau...

— C'est notre pays, dit Olof, à voix basse. Le vrai... »

Il lui montra une petite étincelle rouge : Mars. Il lui montra Saturne, Vénus. Il lui demandait :

« Tu la vois ? »

Elle disait : « Oui, oui... », mais ce qu'elle voyait c'était toute la foule incalculable des étoiles, leur présence immobile totale.

Olof la fit pivoter un peu pour regarder son visage. Ses yeux étaient aussi grands que le ciel.

Il lui dit :

« La Terre est perdue... Un jour ou l'autre elle va flamber... Il faut aller recommencer ailleurs... Tout neuf... Avec un groupe d'amis, nous préparons la route... Nous cherchons le moyen d'aller plus vite que la lumière, d'arriver en même temps qu'on part !... Ce n'est pas impossible ! La nouvelle physique ouvre des portes formidables, terrifiantes !... Einstein tombe en poussière !... Là-haut, tu vois ? »

Il lui montrait un peuple d'étoiles.

« On fait : hop ! Et on y est !... C'est possible, maintenant ! C'est possible ! possible !... Ce n'est plus du rêve, ni de la S.-F... »

Il la fit tourner de nouveau, pour qu'elle pût regarder le ciel, il la serra contre lui, il la dépassait de la tête, il sentait le parfum de ses cheveux, il ne connaissait pas cette odeur. C'était de la citronnelle. Il lui dit gravement :

« Mes amis et moi nous sommes sur la piste... Il nous faut encore du temps, mais nous allons trouver... Ecoute bien ce que je te dis cette nuit : je partirai, là-haut, et je t'emmènerai !... Parce que je t'aime... »

Cette phrase la suffoqua. Son cœur se mit à battre deux fois plus vite... Elle ne sut pas si elle devait s'écarter du dos d'Olof sur lequel elle était appuyée, ou au contraire se serrer davantage contre lui. On ne lui avait jamais dit de mots pareils... Je t'aime... Des garçons l'avaient embrassée, bien sûr, Rory et d'autres, et l'auraient volontiers pelotée s'il y avait eu de quoi... Mais ils ne disaient rien. Ils rigolaient. Ils trouvaient ça marrant... Ces mots !... Je t'aime... Que pouvait-elle répondre ? Elle n'avait rien à dire. Et que faire ? Lentement, elle se tourna face à Olof et leva vers lui son visage. C'était ce qu'elle pouvait faire. Il n'avait qu'à se pencher un peu pour l'embrasser...

Il fit « non » de la tête. Il lui dit doucement :

« Non... Non... Pas maintenant... Tu es encore une enfant... Quand nous partirons tu seras grande... Ça va aller vite... N'oublie jamais cette nuit... »

Il avait encore ses bras autour d'elle. Il les ouvrit, la libéra, l'aida à descendre les marches, appela l'ascenseur. Pendant qu'ils descendaient elle se tint loin de lui, les yeux fermés. Elle entendait encore les mots... Parce que je t'aime... Parce que je t'aime... Derrière les mots elle voyait les étoiles. Elle voyait mal le visage d'Olof. Elle ne savait pas vraiment comment il était.

Quand elle fut couchée, elle tira le drap sur son visage pour se cacher, et pleura.

Elle dormit huit heures de bon sommeil. Elle se réveilla brusquement, au milieu de la matinée, avec la sensation que quelque chose était arrivé. Quoi ? Un dixième de seconde et elle se rappelait tout. Les neurones font vite, à quinze ans. Olof... La coupole au-dessus du monde... Le ciel plein d'étoiles... « Parce que je t'aime... »

Et de nouveau le cœur qui bat. La petite angoisse du matin est là, mais pas immobile, passive, en attente, comme d'habitude. Elle s'agite, lance des griffes, puis les rétracte. Olof... Judith essaie de se rappeler quelle expression il avait quand il lui a dit... Elle ne l'a pas vu ! Elle lui tournait le dos... Appuyée contre lui... Il avait fermé ses bras autour d'elle, juste au-dessous de sa poitrine... Elle ne sait même pas, absolument pas, quelle est la couleur de ses yeux... Ses mains sont longues, fines, fortes... Pourquoi lui a-t-il dit ça ?...

Ses yeux sont marron, puisqu'il est brun... Il est brun ?... Oui, il est brun ! Bien sûr il est brun !...

« Parce que je t'aime... » Il lui fallut faire un effort pour se lever. Fatiguée. Dans la salle de bains elle se campa devant le grand miroir et se regarda.

« Oh ! J'ai pas fait ma natte ! Je vais être tout emmêlée !... »

Elle saisit la brosse et commença à tirer sur ses cheveux.

« Aïe !... »

Elle s'arrêta, la main en l'air, posa la brosse et fit glisser à terre sa longue chemise de nuit.

« Une enfant ?... »

Elle regarda ses longues jambes, ses bras maigres, sa poitrine presque plate, se tourna de profil, constata qu' « ils » avaient grossi un peu. Elle recommença à brosser ses cheveux.

« Pourquoi il ne m'a pas embrassée ? »

Le soir, Olof vint sans avoir été invité. A l'heure du dîner. C'était sans-gêne. Mais il ne se gênait de rien. Il accepta très simplement de s'asseoir à table. Il était venu apporter à Valentine W. Ashfield, pour répondre à ses questions de la veille, un livre sur la physique nouvelle.

Il avait bon appétit. Il était heureux, Judith assise en face de lui... Il la regardait en parlant et en mangeant, et quand elle le regardait aussi il éprouvait une sorte de délivrance exaltante. Il lui semblait qu'il avait été jusqu'alors enseveli sous la cendre et que tout à coup il voyait s'ouvrir les portes du soleil. Ses yeux... Il pensait qu'il n'y en avait pas d'autres pareils au monde. Et sans doute avait-il raison.

Elle découvrit, avec étonnement, qu'il avait les yeux bleus.

Son père feuilletait le livre apporté par Olof, posé près de son assiette.

« Je ne vais rien y comprendre, à votre bouquin !... dit-il en souriant.

— Mais il est en anglais !... »

Valentine se mit à rire.

« Mais je ne suis pas physicien !...

— Ça ne fait rien... Vous comprendrez l'essentiel... C'est un livre écrit pour le grand public... Il faut bien que les gens qui ne sont pas physiciens soient mis au courant des bouleversements en cours.

— Quels bouleversements ? demanda Rebecca Ashfield avec plus de politesse que de curiosité.

— Tout va changer ! Tout ! Après le théorème de Bell on en est maintenant à la simultanéité des lointains, de Slatov, qui prouve que la distance n'existe pas !... C'est le voyage instantané, pour demain... On arrive en même temps qu'on part !...

— Les savants sont fous ! dit Mrs. Ashfield. Encore un peu de gigot ? »

Si elle avait su, elle lui aurait enfoncé le couteau à découper dans la gorge.

Mais elle ne savait pas, et, par bonheur pour elle, elle mourrait sans savoir...

Olof revint souvent place des Vosges, encouragé par Valentine, qui se faisait expliquer la physique nouvelle et commençait à y comprendre quelque chose. Les perspectives ouvertes par les recherches du Groupe de Meudon étaient fantastiques. Valentine fit un rapport à son service, et suggéra qu'on invitât Olof et ses amis à venir travailler aux U.S.A.

L'hôtel Saint-Valentin était toujours plein de garçons et de filles copains de Judith, auxquels Olof était maintenant intégré, malgré son âge. Il ne cachait pas son intérêt pour Judith, et Rebecca Ashfield s'en inquiétait. Mais son mari en souriait.

« Ce qui serait inquiétant, disait-il, ce serait le contraire : l'intérêt de Judith pour Olof... Mais elle semble plutôt fuir ce pauvre garçon. Elle donne l'impression qu'il lui casse les pieds...

— Olof ! Olof ! bougonna Mrs. Ashfield. Peut-on avoir un nom pareil ! D'ailleurs, est-ce que c'est son nom ou son prénom ?

— Je ne sais pas, dit Mr. Ashfield... Tu devrais le lui demander... »

Bien entendu il le savait, mais cela l'amusait de

laisser un petit mystère flotter autour du jeune chercheur. Mrs. Ashfield était trop bien élevée, dans la tradition victorienne des mormons, pour poser une question aussi directe à quelqu'un qu'elle recevait. Elle se renseigna auprès de sa fille. Celle-ci ne savait pas. Olof, Olof, c'était Olof. Nom ou prénom, qu'est-ce que ça peut faire ?

« J'aimerais savoir, dit Mrs. Ashfield. Demande-le-lui, toi...

— Oui », dit Judith.

C'était vrai qu'elle l'évitait. Elle ne parvenait pas à se libérer complètement du trouble créé en elle par la phrase qu'il lui avait dite le soir de ses quinze ans. Chaque fois qu'elle y pensait, elle recevait un petit choc au cœur, et celui-ci se mettait à accélérer. C'était idiot. Si n'importe quel garçon lui avait dit la même chose, elle lui aurait donné un coup de poing et ils auraient rigolé. Et Olof n'était même pas beau. Il avait l'air d'un sauvage. Elle n'avait pas eu du tout envie de se retrouver seule avec lui. D'ailleurs, il n'avait rien fait pour ça. Le jour où sa mère l'interrogea sur le nom d'Olof, elle s'approcha de lui dans le petit salon-audio où elle recevait ses copains, dont une douzaine étaient là. Elle allait lui demander : « Olof, c'est ton nom, ou ton prénom ? » Mais ce qu'elle lui dit, ce fut :

« Pourquoi tu m'as dit ça, l'autre nuit ?

— Je t'ai dit quoi ?

— Que tu m'aimes ?

— Parce que c'est vrai...

— Oh !... »

Elle frappa la moquette de son talon, fit demi-tour, traversa rapidement la pièce et rentra dans sa chambre. Furieuse de se sentir stupide.

La Chine n'est pas, historiquement, une nation agressive. Elle a subi beaucoup d'invasions, et elle a peu envahi. Mais dans la deuxième partie du XXe siècle elle a perdu le contrôle de la croissance de son peuple. Malgré toutes les mesures prises par ses dirigeants successifs pour maîtriser la natalité, la force d'expansion de son sang lui a fait dépasser le milliard d'individus puis, à une vitesse croissante, atteindre et dépasser le deuxième milliard et peut-être le troisième.

Quand le contenant devient trop petit pour le contenu, celui-ci déborde. Les frontières de la Chine craquaient. Mais où installer le trop-plein de Chinois ? La Russie était férocement défendue. L'Inde, misérable, était aussi pleine que la Chine... Aux autres bouts de l'Océan, l'Australie et les deux Amériques offraient de vastes territoires inoccupés. Ils étaient loin, ce serait difficile, mais il n'existait pas d'autre solution. Et il y avait beaucoup, beaucoup de soldats chinois. Et encore beaucoup. Cette guerre ne pouvait pas ne pas avoir lieu. Elle avait commencé tout petit, par quelques coups de canons entre une vieille ferraille de cuirassé chinois et un croiseur américain moderne, au large de T'ai-wan. Elle avait grandi très vite. Elle continuait.

Ce fut le 13 octobre que la Chine déclencha sa nouvelle offensive, sur deux points. D'une part, enjambant le continent australien, elle parachuta une armée blindée en Nouvelle-Zélande, ce qui allait lui permettre de prendre les forces austral-américaines à revers. D'autre part, elle submergea et occupa tout l'archipel hawaiien, après avoir détruit les forces américaines qui le défendaient. Ce bond en avant la rapprochait d'une façon terrifiante du territoire des Etats-Unis. Il semblait que ce fût le tournant décisif de la guerre. Et que l'Amérique allait la perdre.

La consternation s'abattit sur la colonie américaine de Paris. Vivant loin de la guerre et de ses conséquences, les Ashfield et la plupart de leurs compatriotes en séjour dans la capitale française, tout en ayant conscience de la gravité de la situation de leur pays, en pleine solidarité avec lui, se laissaient pourtant, la plupart du temps, entraîner par la facilité de l'existence en pays neutre, et ne pensaient à la guerre que pour l'envisager avec une confiance et un optimisme qui allaient de pair avec la vie parisienne. Mais quand *Vidéo-Soir* titra en rouge palpitant, sur dix centimètres de haut : LES CHINOIS A HAÏTI, ils firent un retour brutal à la réalité. Leur pays risquait d'être rayé de la carte du monde. Ce n'était pas un cauchemar. C'était peut-être pour le mois prochain...

Rory et les garçons de son âge, et ceux âgés d'un an de moins, reçurent de l'armée leur appel immédiat. Rebecca Ashfield donna une soirée d'adieux pour ceux que Judith connaissait. Pour une fois elle leur servit du champagne. Ils en burent beaucoup. Rory chanta

Adieu notre petite table, extrait de la *Manon* de Massenet. Rebecca pleura. Rory, à demi ivre, n'avait jamais mieux chanté. Quand il eut fini, il vint vers Judith, lui dit :

« Tu as aimé, cette chanson ?

— Oui...

— C'est un peu con, mais c'est beau... Adieu, Judy ! Si je suis tué pense à moi !... »

Il leva les bras au-dessus de sa tête, les mains jointes, comme un champion, cria :

« Good bye, boys, à bientôt ! Quand nous aurons bouffé tous les chaffs !... »

Il prenait l'avion de 23 h 12.

La soirée se termina très vite. La gaieté factice s'éteignit, les garçons s'en allèrent, tous avec le mot « adieu ». Avant la fin de la semaine, il ne resterait plus aucun d'eux à Paris.

Judith alla se coucher affreusement triste. La chanson de Rory tournait dans sa tête, elle en fredonnait la mélodie en nattant ses cheveux. Non, il ne sera pas tué ! Aucun de mes copains ne sera tué !...

La soirée avait été strictement américaine. Olof n'était pas venu. Elle ne pensait pas à lui. Rory, pauvre Rory... Elle s'endormit en cinq minutes.

Ce fut le lendemain que la paix éclata.

Chaque jour des cinq semaines précédentes, douze satellites s'étaient envolés du territoire des U.S.A. et s'étaient frayé des orbites parmi les dizaines de milliers d'autres qui tissaient leur réseau de surveillance et de menace autour de la Terre.

Pris automatiquement dans les faisceaux analyseurs des radars ennemis et neutres, ils n'avaient rien révélé de spécial. Ils étaient porteurs de missiles, mais il y en avait déjà une foule de semblables. Ils passèrent, régulièrement, les uns au-dessus de la Chine et de la Russie, les autres au-dessus des champs de bataille. Ce n'était pas nouveau. Des satellites antisatellites leur furent affectés, prêts à les détruire s'ils devenaient actifs. Ce n'était pas nouveau non plus.

Au jour J décidé par l'état-major américain, très exactement à la première seconde de l'heure HOP (*hour of peace* : heure de la paix), les trente-cinq fois douze satellites lancés les semaines précédentes par les U.S.A. crachèrent leurs missiles vers leurs objectifs.

A la deuxième seconde, les missiles antimissiles adverses prirent leur essor pour les détruire, ce qui fut fait dans la première minute. Aucun ne put atteindre le sol. Leurs débris et leurs poussières furent emportés par les vents de la haute et de la basse atmosphère. L'altitude de leur départ, leur direction et leur trajectoire avaient, justement, été choisies en fonction des vents.

Dans les heures qui suivirent, la guerre commença de s'arrêter, irrégulièrement, avec des sursauts et des ressauts, en dents de scie dans le temps et dans l'espace. Sans victimes. Sauf accidents.

Le Président américain avait pris des risques. Il avait réussi. Lui et ses ministres, et les chercheurs, et les grosses têtes qui connaissaient « Helen », avaient calculé les conséquences de son utilisation pour le monde en général et les U.S.A. en particulier. En se passant des notes, des études et des discours écrits. A la main. Pas de dactylo. Et immédiatement réduits en cendres. Les services de sécurité avaient fini par détecter les émetteurs dans les cheveux du Président. Aussitôt il s'était fait tondre. Avec tous les ministres et le personnel de la Maison-Blanche. Au rasoir, chaque matin. On ne l'approchait que nu, épilé et le crâne en œuf.

C'était une contrainte. Mais ça allait finir. Il le fallait. L'Amérique n'aurait pas pu supporter encore six semaines le poids de la guerre. Elle craquait de partout. Elle allait s'effondrer, et tout l'Occident avec. Helen empêcherait le désastre. Mais il était difficile d'imaginer le visage du monde auquel les jours prochains donneraient naissance. Ça risquait de ne pas être toujours drôle. Ou peut-être très drôle, au contraire. On n'avait pas tout envisagé, pas tout prévu. On ne peut pas, même dans l'ordinaire.

Deuxième partie

LE BEAU TEMPS DE L'ÉTÉ
FABRIQUE L'ORAGE

L'homme qui était à l'origine de la naissance d'Helen se nommait Henri Saint-Jean Petitbois. Il devait ce nom à un ancêtre qui avait été trouvé, âgé de quelques jours, à la lisière d'un petit bois de châtaigniers de la haute Ardèche, en France, un matin de la Saint-Jean.

En mai 68, Henri Saint-Jean Petitbois terminait sa dernière année de médecine. Il ne put aller jusqu'au bout, les examens ayant été supprimés à cause des grèves.

Il avait lancé des pavés comme tout le monde. Il avait participé à des assemblées générales d'étudiants dans le grand amphi de la rue des Saints-Pères, et jugé ces débats, comme il l'écrivit à son frère, verbeux, fumeux, inutiles, inefficaces, merdiques et chienlitesques. Il inscrivit sur un mur de l'escalier de la Sorbonne, au pistolet rouge, parmi les inscriptions poétiques et politiques qui l'ornaient, un slogan définitif : SI TU VEUX BAISER, BANDE ! Un journaliste du *Monde* qui lut cette injonction lui consacra trois colonnes de commentaires. Il trouvait ces cinq mots profondément symboliques, révélateurs de l'esprit résolu de la jeunesse française révoltée, en qui la nation pouvait légitimement placer tous ses espoirs. Henri Saint-Jean s'en étrangla de rire, et, n'ayant plus rien à faire dans cette foire, rentra chez lui, à Montpellier.

Il ne voulut pas perdre l'année suivante à terminer sa médecine. Le métier de médecin ne l'intéressait pas. Il n'avait pas envie de se mettre à soigner les ulcères, éponger les pus, respirer les haleines puantes, ouvrir et recoudre les ventres qui pètent d'avoir trop bouffé, lessiver les foies qui pourrissent d'avoir trop bu, soigner les dix mille maux qui affligent les humains à cause de la vie qu'ils mènent ou qu'on leur fait mener.

Au contraire, le corps humain si maltraité, cette miraculeuse machine qui continuait de fonctionner tordue, ébréchée, piétinée, nourrie de merdes et de poisons, asphyxiée, éreintée, avachie, enlisée, surchargée, cravachée, lessivée, accablée d'avanies et d'avaries, lui inspirait une admiration qui n'avait d'égale que sa curiosité. Il aurait voulu en connaître tout. Les détails, les secrets des cellules, des nerfs, des fluides, des os, des moelles, des sangs, des humeurs, des peaux, des glandes, des sens, TOUT... Et pas comme on l'apprend en médecine, en gros pourvu que ça marche, mais de façon absolue, jusqu'au fond des mystères.

Bien entendu c'était impossible. Personne au monde n'en savait autant. Alors il décida d'étudier à fond une seule partie du corps humain, et d'y consacrer sa vie. Peut-être, ainsi, parviendrait-il à connaître, mais vraiment bien connaître, tout, d'une miette. Et cette miette, connue, pourrait peut-être l'éclairer sur l'ensemble de l'organisation de miracles qu'est le corps humain, vivant.

Ce ne fut qu'au bout de trois ans qu'il s'aperçut qu'il avait choisi un trop gros morceau : le cerveau. C'était à l'Institut de physiologie du cerveau, à Montpellier, qu'il venait de passer ces trois ans. L'endroit du monde où l'on pouvait le mieux apprendre comment est bâtie cette étrange centrale molle, laide comme une bouse, qui ne peut rien, et commande tout. Il y avait appris trop et pas assez. Il décida de se spécialiser davantage. Dans un champ plus étroit : la chimie et la physique des neurones. C'était là que se trouvait le secret des secrets, dans la danse des particules et les frissons infimes des énergies non mesurables. Il partit pour les Etats-Unis.

Il fit le tour de toutes les universités américaines où il savait pouvoir trouver quelques connaissances supplémentaires. Il travailla avec les équipes de recherche des grandes industries pharmaceutiques, fit des stages dans les hôpitaux, enseigna à l'université de Californie, mit au point le fameux J.P. 12 qui guérit les drogués, et le J.P. 17 qui rend l'optimisme aux dépressifs. Leurs brevets lui rapportèrent énormément d'argent, et il put fonder son propre institut de recherches, sur la côte californienne. Les services secrets du Pentagone prirent contact avec lui et il les envoya promener. Mais ce fut pour lui l'occasion de rencontrer William R. Sandows, futur ministre de la Recherche, pour qui il éprouva de la sympathie.

Quand éclata la guerre entre les U.S.A. et la Chine, il était un homme âgé, mais pas un vieil homme. Il avait respecté et entretenu son corps, qui n'accusait ni usure ni fatigue. Quant à son cerveau, sa curiosité jamais satisfaite en renouvelait sans cesse la jeunesse. Des yeux couleur d'acier, des joues creuses, une brosse de moustache blanche sous un nez aigu, un menton qui avançait un peu, « à la recherche », c'était le visage que le monde entier allait un jour vénérer.

Il n'avait pas eu le goût de se marier. A quarante ans, il avait reçu d'un bénédictin de haut rang le secret terrible de la chasteté de saint Benoît. Il se le rappelait quand une femme le tentait. Alors son sang se glaçait, et il retournait à ses études.

Il aurait pu rentrer en France, pour y trouver la sécurité des pays neutres. Il resta. Il était satisfait de partager les dangers de ceux qui avaient partagé avec lui leurs connaissances. Et puisque l'Amérique était menacée, il se fit naturaliser américain.

La scène qui l'amena à mettre fin à la guerre s'était déroulée neuf ans plus tôt.

Tous les matins, quelque temps qu'il fît, il allait se baigner dans le Pacifique. Il parcourait, à bicyclette, pour parvenir à l'océan, douze kilomètres sur une route peu fréquentée, ça descendait à l'aller, ça grimpait au retour. Bonne santé...

A mi-chemin à peu près, sur la droite à l'aller, se dressait une station-service vétuste, dont les deux pompes fonctionnaient grâce à une pile solaire branlante.

L'habitation et la boutique d'accessoires étaient construites en bois, jadis peint en rouge mais qui avait repris presque entièrement sa couleur naturelle. Le rouge lui restait par plaques, comme une maladie.

Vivaient en ce lieu un homme gras et un chien maigre.

Le chien était une bête peu ordinaire. Peut-être bâtard de terre-neuve et de lévrier, il avait la taille du premier et le poil court du second, ce qui laissait voir ses côtes saillantes. Sa tête était ronde avec de bons gros yeux et des oreilles plates qui tombaient comme celles d'un cocker. Il avait la couleur du sable. Son maître l'appelait Dog, ce qui signifie chien.

Chaque fois que le savant passait devant la station, il voyait Dog couché dans la poussière, tourné vers son maître et le regardant avec adoration. L'homme était vautré dans un rocking-chair qu'il avait renforcé avec des ressorts de voiture et des madriers, à cause de son poids. On n'apercevait de lui qu'une masse informe enveloppée d'une sorte de blouse bleue délavée qui le cachait jusqu'aux pieds. En haut de cet amas émergeait un buisson de barbe et de cheveux hérissés, couleur ficelle, à demi couvert par un chapeau de toile, bleue comme la blouse. Les yeux étaient à peine visibles entre la graisse et les poils, la bouche totalement cachée.

Sur le sol, à sa droite, à portée de sa main, était posée une glacière portative pleine de boîtes de bière. Il en prenait une, en faisait claquer la capsule, se la vidait dans la barbe, et jetait la boîte vide sur le chien en l'injuriant avec une voix de fille : « Chien ! Fous le camp ! Saloperie ! Sale chien ! Fils de pute ! Fumier ! Va-t'en ! Tu m'emmerdes ! Fous le camp !... »

Le chien remuait la queue.

Ce jour-là, Henri Saint-Jean Petitbois avait été rejoint sur la petite plage au bas de la falaise par trois de ses étudiants venus en jeep. Au retour, il se laissa tirer par eux jusqu'à la station où ils s'arrêtèrent dans l'intention de prendre de l'essence. Il s'arrêta aussi, curieux de voir ce qu'il n'avait jamais vu : l'homme gros debout.

Geignant, grognant, s'appuyant sur deux madriers, l'homme pivota sur le bas de son corps et se leva, prenant la forme d'une poire gigantesque posée sur le ciment. Sa blouse bleue tombait jusqu'à terre, donnant l'impression que son ventre par-devant, ses fesses par-derrière, arrivaient jusqu'au sol, de part et d'autre de ses pieds. Comme on ne voyait pas ceux-ci bouger, il semblait, tandis qu'il s'approchait d'une pompe, se déplacer en glissant, ou sur des roulettes. Derrière lui, le rocking-chair n'en finissait pas de grincer de soulagement.

Dog, qui était entouré d'une demi-douzaine de boîtes vides, en un bond fut près de son maître et sauta en l'air pour lui lécher la figure. Il avait une longue et large langue rose. Dans le buisson des poils elle trouva une oreille, la lécha devant et derrière et à l'intérieur. L'homme se secouait en gueulant. Ses deux bras boudins envoyèrent promener le chien qui revint à la charge. « Ordure! Salope! Il me ferait tomber! Fous le camp! Fumier! Je veux plus te voir!... » Un pied chaussé de cuir moisi sortit du bas de la blouse et frappa dans le flanc le chien qui gémit, roula, et revint en rampant vers son maître. Celui-ci le frappa du pied dans le museau. Dog couina et recula. Léchant sa babine qui saignait, il regardait l'homme d'un air désespéré, il ne comprenait pas. Comme son maître s'était tu, il eut un mouvement d'espoir et remua la queue.

« Regardez-le cette ordure! Fous le camp! Qu'est-ce qu'il te faut pour que tu comprennes, fumier? »

Il saisit une bûche et la lui jeta. Dog hurla, s'enfuit en boitant puis revint vers lui sur trois pattes, la patte arrière gauche à la traîne, cassée, la queue basse, mais quand même agitée du bout.

« Je vais le tuer! C'est plus possible! Où est

mon flingue? Je vais le flinguer! Merde où est mon flingue?»

L'homme-poire roula vers la boutique, léger comme un ballon.

« Prenez-le », dit J.P. à ses assistants.

Le grand blond prit Dog dans ses bras et s'assit avec lui dans la jeep qui démarra. J.P. suivit en appuyant sur les pédales, songeur malgré l'effort.

Dans la nuit, la station brûla. Il n'en resta que cendres. Il n'y eut pas d'explosion. Peut-être ses cuves n'avaient-elles plus une goutte d'essence, depuis longtemps. On ne trouva pas trace de l'homme, ni de sa vieille camionnette Cadillac. Il avait dû partir avec, après avoir mis le feu à la baraque. Le shérif fit un rapport. Il connaissait par ouï-dire le nom de l'homme. C'était un nom grec, avec au moins douze lettres. Il ne savait pas l'écrire. Il mit seulement l'initiale : Monsieur G.

Plâtré, guéri, nourri, Dog devint un chien superbe. Ses côtes s'estompèrent derrière une bonne couche de chair, et, fait étonnant, dû peut-être à de fortes doses de vitamines, son poil s'allongea et frisa.

Il accompagnait J.P. dans ses déplacements à bicyclette, le suivant, le dépassant, revenant, couvrant dix fois plus de terrain que les deux roues. Il nageait avec lui, mangeait avec lui, couchait sur son lit, en travers de ses pieds. J.P. n'avait pu résister, il s'était laissé envahir, et il en était heureux. De toute sa vie, il n'avait jamais été l'objet, par aucun humain, d'une telle affection.

Quand, allant au Pacifique ou en revenant, ils passaient devant le rectangle grisâtre qui marquait l'emplacement de la station brûlée, Dog s'arrêtait, se mettait à ramper en gémissant, reniflait partout, cherchant l'absent, ne comprenant toujours pas. J.P. l'appelait, il n'entendait pas, il ne voulait pas entendre, il cherchait, et puis tout à coup, partait à toute vitesse parce que le vélo s'éloignait, devenait petit.

Ce comportement confirma J.P. dans une idée folle. Il n'était pas homme à hésiter devant une hypothèse qui lui ouvrait un chemin nouveau. Il fit paraître dans les revues canines américaines des annonces pour se procurer des chiennes. Leur race importait peu. Il exigeait seulement une qualité particulière. Il en reçut de toutes les tailles et de toutes les formes, parmi lesquelles il fit un choix. Celles qu'il sélectionna, après plusieurs mois d'étude et de tests, devinrent les épouses de Dog.

Certaines étaient à peine plus hautes que des crapauds. Dog était vraiment haut sur pattes. Les assistants de J.P. s'amusèrent beaucoup à résoudre ces problèmes. Mais c'était un travail sérieux. Il fallut délivrer plusieurs chiennes par des césariennes. Le labo était parfaitement équipé pour cela. Les chiots étaient précieux, TRÈS précieux pour J.P.

« Qu'est-ce que vous cherchez? demanda William R. Sandows.

— Je ne cherche plus, j'ai trouvé, dit J.P. Quand je vous dirai ce que c'est, vous rirez tellement que vous vous ferez un nœud à la rate. Puis vous réfléchirez, et vous vous rendrez compte des espoirs extraordinaires qu'on peut attacher à cette découverte. Et aussi des dangers fantastiques qu'elle recèle. Elle va changer le monde. En bien ou en mal? Je n'en sais rien. Et je n'y peux plus rien. Ce qui est trouvé est trouvé... »

Il traversait, avec son interlocuteur, la cour du chenil qu'il avait fait construire à cinq kilomètres de son institut, pour n'être pas gêné, la nuit, par les aboiements. Il ajouta :

« Si je vous ai demandé de venir, c'est parce que c'est vous que cela concerne, maintenant. Mes assistants travaillent selon mes indications mais n'ont pas encore compris à quoi j'ai abouti. J'ai fait mes ultimes expériences tout seul. Je ne peux pas continuer. Il faut que vous preniez le relais. Avec toute votre organisation, tous vos moyens, et tout votre secret. »

« Oui, mon beau... oui, tu es très beau... Va te coucher, va !... »

Un curieux spécimen de chien, tenant du teckel par les pattes, du lévrier afghan par les poils et du fox-terrier par la queue, l'enveloppait d'une danse frénétique, lui passait entre les jambes, faisait des huit autour de ses chevilles, lui grimpait jusqu'à la ceinture, et lorsqu'il se baissa pour le flatter, réussit à lui couvrir tout le visage d'un seul coup de langue.

Ça frétillait autour des deux hommes, ça dansait, ça sautait, ça jappait, ça se bousculait, ça se roulait de bonheur sur le dos, les quatre pattes agitées vers le ciel, cinquante chiens, affreux mélanges, toutes les tailles, tous les poils, museaux pointus, gueules carrées, têtes de loups, têtes d'agneaux, oreilles pavillons, roses, moussues, frisées, serpillières, toute la masse ondulant de joie, manifestant ses sentiments par les queues dressées au-dessus d'elle, étendards, cravaches, cors de chasse, agitées sur tous les rythmes et dans tous les sens.

Derrière le grillage qui séparait le chenil en deux, les chiennes gémissaient, hululaient, grimpaient aux mailles de fer, pour dire qu'elles voulaient participer à la fête.

« Regardez-les, tous, dit J.P. Ils ont quelque chose en commun. Ça crève les yeux... Je les ai sélectionnés pour ça. C'est la dixième génération. Leur ancêtre à tous, Dog, est mort l'hiver dernier. J'ai pleuré. Oui. C'est comme ça... Regardez-les bien... »

William R. Sandows, par sa formation et ses fonctions, savait regarder mieux que quiconque. Les chiens les plus divers se pressaient autour de lui. Il flattait les têtes qui venaient à hauteur de ses mains. Perplexe. Curieux. Comprenait pas.

« Je ne vois pas... Vraiment je ne vois pas, dit-il.

C'est la plus ahurissante collection hétéroclite de bâtards qu'il soit possible d'imaginer. Je ne vois pas ce qu'ils ont de commun. A part d'être des chiens...

— Ce sont les chiens *les plus affectueux du monde*, dit J.P. Ce qu'ils ont en commun, c'est l'amour... Prenez n'importe lequel d'entre eux, battez-le, brûlez-le, écorchez-le vif, il continuera de vous aimer... »

Il caressait la tête d'un boxer mâtiné de chow-chow.

« C'est là-dedans que j'ai cherché et trouvé le secret de l'amour », dit-il.

William Robert Sandows s'esclaffa :

« Dans la tête ? J'aurais plutôt pensé qu'il fallait chercher à l'autre bout !

— Je ne parle pas de l'amour lié au sexe, dit J.P. en souriant, le seul que connaisse l'espèce humaine. Il est égoïste, possessif, souvent furieux et destructeur. C'est le contraire même de l'amour vrai, désintéressé, total. Celui-là, je crois qu'on ne le trouve que chez les chiens. C'est peut-être une aberration, une maladie, je ne sais pas. J'ai trouvé son origine. Dans le cerveau. C'est une molécule. Je l'ai isolée. Analysée. Expérimentée. Sur un crocodile. Il m'a léché ! Je ne vous cacherai pas que je suis effrayé. A vous de jouer, maintenant. »

Dans le plus grand secret, et sous la couverture d'une fabrique de biscuits pour chiens, les services dont W.R. Sandows était devenu le patron poursuivirent les expériences de J.P., et, après confirmation des étonnantes propriétés de la molécule, en entreprirent la synthèse. Au moment du Conseil des baigneurs, tout était prêt pour le fabriquer en quantité. Il n'en faudrait pas beaucoup, d'ailleurs. Elle s'était révélée aussi efficace que la toxine botulique, ou la poussière de plutonium, dont un litre suffirait à détruire toute la vie terrestre. Mais elle ne détruisait pas. Au contraire. Elle allait arrêter les destructions.

Les services qui la fabriquèrent et les militaires qui la mirent en œuvre la connaissaient sous le nom que lui avait donné William R. Sandows au cours de l'historique Conseil des baigneurs : L.M. C'est-à-dire *Love Molecule :* molécule de l'amour. Les décrypteurs-espions crurent comprendre Helen. Ce nom lui resta.

Les cent mille chars russes, pivotant sur place, tournèrent le dos à l'Occident et rentrèrent au pays.

L'ordre venait du camarade président Nikola lui-même. Au milieu de la nuit, il était sorti de son lit, de sa chambre blindée, isolée, filtrée, aseptisée, inviolable et, accompagné des six cosaques géants qui veillaient à sa porte, était monté sur le toit pour prendre un bol d'air frais. Sorti de son cocon protecteur, il était devenu vulnérable à Helen. Effet immédiat. Pour ses cosaques aussi. Ils s'étaient mis à pousser des cris de joie, à danser sur place. Ils s'étreignirent, se donnèrent des grandes tapes dans le dos, s'embrassèrent sur la bouche. Le Président s'arracha à la joie pour courir au téléphone donner l'ordre général de faire rentrer les soldats, tous, et de les démobiliser.

Certains maréchaux, dans leurs P.C. blindés-isolés-filtrés, devinrent blêmes de stupeur, puis enragés. Ils se firent répéter l'ordre six fois, refusant de comprendre, criant trahison, buvant d'un seul coup un litre de vodka et mâchant la bouteille, et puis, d'une façon ou d'une autre, ils finissaient par respirer une bouffée de l'air nouveau, et tout à coup éclataient de rire, embrassaient sur la bouche les ordonnances, les sous-lieutenants, les dactylos et leurs machines, et répercutaient l'ordre à tous les échelons inférieurs : faire rentrer les soldats et les démobiliser. La guerre, LES guerres, c'était fini...

Les soldats, d'abord, ne comprirent pas, mais obéirent, ce qui est la condition et le comportement habituels du soldat. Mais à mesure qu'ils progressaient vers l'est ils entraient dans la zone d'influence d'Helen, ils comprenaient et se réjouissaient.

Dans le désert australien, les chars monstrueux aplatissaient les immenses dunes rouge brique surcuites par le soleil. Le roulement des canons s'entendait de l'océan Pacifique à l'océan Indien. Il cessa peu à peu. Une souris-kangourou, grosse comme une noisette, étonnée du silence, mit un œil hors de son trou. Elle vit une montagne de fer arrêtée juste devant son domicile. Une porte s'ouvrit dans son flanc. De grands hommes blonds en sortirent, à demi nus et suant d'huile, mâchurés, sales, puant, riant, se tapant sur les cuisses. Du défilé entre deux dunes déboucha un groupe de petits hommes jaunes, en slip bleu, mitrailleur-laser pendu au cou. Ils jetèrent leurs armes, s'élancèrent dans les bras des grands hommes blonds qui les embrassèrent, les firent sauter en l'air, les rattrapèrent pour les embrasser encore.

Six souriceaux minuscules risquèrent leur nez hors de la poche maternelle pour voir cet énorme spectacle.

Il se répétait tout le long du front.

« Viens voir ça ! Mais viens voir ça ! » cria Mme Avoine, marchande de couleurs rue Régemortes à Moulins, à son mari qui se rasait avant d'aller ouvrir boutique.

Il vint voir, une joue moussue l'autre non. Il dit :
« Hé ben !... Hé ben !... »

Il n'y avait rien d'autre à dire. C'était un flash spécial de la chaîne Euro 24, ainsi nommée parce qu'elle émettait vingt-quatre heures par jour depuis le satellite stationné au-dessus de Berlin. Le speaker français lui-même ne trouvait plus ses mots pour commenter les images. Il bafouillait. Il disait :

« Je... je... Qui aurait pu croire ?... Vous voyez bien ?... Moi je... Vous vous rendez compte ?... Ici Prague en direct ! ici Prague ! »

Ce que voyait sur son écran M. Avoine, c'était un char russe à quadruple chenille et tourelles-accordéons, à l'assaut duquel montait la foule tchèque. Chaque main brandissait une fleur, un drapeau, un bouquet. En quelques instants le char en fut couvert. Le conducteur du char, les canonniers, les mitrailleurs, arrachés comme des bigorneaux, submergés par les femmes, les hommes, les enfants, disparurent dans les embrassades. Un visage surgissait parfois, hilare, puis redisparaissait, tiré par les oreilles vers une bouche qui ne l'avait pas encore goûté.

Des scènes analogues se déroulaient à Varsovie et à Budapest, et dans les campagnes les tankistes arrêtaient leurs engins pour courir embrasser les paysans qui leur emplissaient les bras de jambons et de paniers de prunes.

M. Avoine, stupéfait, se passait la main dans la mousse de sa joue, s'en mettait plein les sourcils, se suçait les doigts l'un après l'autre. Et tous les spectateurs du bout de l'Europe partageaient sa stupéfaction. Puis Helen arriva jusqu'à eux, dépassa la pointe du Raz, la Calabre et Gibraltar, et tout le monde comprit.

M. Avoine planta au-dessus de sa devanture un bouquet de drapeaux, le corse, le breton, le 14-Juillet
tricolore et l'écologiste vert brodé d'un fromage de
chèvre, et baissa tous ses prix de 12 %. Il ne pouvait
pas faire mieux.

Un printemps de fleurs et de drapeaux éclata dans Paris. Personne ne pensait encore aux conséquences de la paix. La peur avait disparu, et la joie débordait en chants et en farandoles. Des orchestres surgissaient sur les trottoirs et les piétons se mettaient à danser, les automobilistes s'arrêtaient pour se serrer la main et se complimenter.

A Notre-Dame, la P.P.P.P. avait pris fin. Deux mots la remplaçaient, clamés dans toutes les langues et d'un seul élan :

« Dieu merci !... Dieu merci !... Dieu merci !... »

Chacun apportait une fleur ou un bouquet, et il y en eut bientôt tant, que la façade de la cathédrale s'y enfonçait jusqu'aux genoux des saints. Alors la même ferveur changea de direction, et la foule alla porter les fleurs à la Seine. On les lui jetait du Pont-au-Double et du pont d'Arcole, du Petit-Pont et du pont Notre-Dame, en continuant de crier Dieu merci. On remerciait Dieu, on remerciait le fleuve, on remerciait la vie qui venait de triompher de la mort. La Seine emportait les fleurs sur son dos d'éléphant.

Valentine W. Ashfield était désemparé, comme

d'ailleurs tout le personnel de l'ambassade. On ne recevait plus, de Washington, que des instructions contradictoires, incohérentes et sans importance. L'ambassadeur fit un aller et retour en avion pour en savoir plus long. Il revint sans en savoir davantage, mais ravi. Valentine se mit alors à se laisser vivre, comme tout le monde. Avec ses Services, pour son travail particulier, le contact était complètement rompu. Il ne restait qu'à attendre. Des choses allaient sûrement se passer, le monde allait changer. On verrait bien...

Judith changea plus vite que le monde. Elle se transforma en quelques mois, comme si le souffle de la paix avait gonflé les fruits qui étaient en elle. Après un hiver emmitouflé, quand vint avril et qu'elle vêtit pour la première fois son corps nouveau d'une blouse légère couleur tilleul et d'une jupe pomme qui dansait autour de ses cuisses, Olof fut bouleversé. En une saison, la fille raide était devenue une femme. Mieux qu'une femme : ses promesses encore intactes, et en partie déjà réalisées. Le rêve et la réalité, réunis.

Elle avait tenu Olof à l'écart jusque-là. Il continuait de venir place des Vosges, invité par Valentine, qui s'était pris d'une passion personnelle pour les mystères de la physique nouvelle, et d'une amitié amusée pour le garçon qui essayait de les lui expliquer. Judith s'arrangeait pour ne jamais se trouver seule avec Olof. La plupart des garçons partis les derniers jours de la guerre étaient restés en Amérique. Rory n'était pas revenu. Et les étudiants plus jeunes commençaient à s'en aller, rappelés par leurs parents, maintenant que le danger qui menaçait les Etats-Unis avait disparu. Mais il restait suffisamment de copains autour de

Judith pour qu'elle pût s'en faire un rempart. Quand Olof s'approchait d'elle, elle s'arrangeait toujours pour attirer ou retenir deux ou trois garçons et filles qui rendaient impossible tout échange de vraies paroles. Elle lui parlait, mais pour ne rien dire. Elle le regardait, mais détournait son regard aussitôt. Et chaque fois il voyait, ou croyait voir, dans ses yeux, ce qu'elle ne voulait pas lui montrer. Ils étaient devenus plus grands encore, plus étranges, et il lisait, sous la gaieté qu'ils affectaient, une angoisse et une interrogation qui en glaçaient les iris d'or.

Le 16 avril fut un dimanche exceptionnel. Un vent tiède s'était mis à souffler sur Paris pendant la nuit. Au matin, toutes les fleurs des marronniers étaient ouvertes.

Judith s'était retournée cent fois dans son lit, dormant et se réveillant sans cesse. Elle rejeta la couverture, puis le drap, qui lui pesait. Olof... Maintenant elle connaissait bien son visage... Elle l'observait quand il regardait ailleurs... Elle ne le trouvait pas beau. Si, peut-être... Non!... Elle avait envie de le regarder, et de ne plus le voir jamais. Pourquoi pensait-elle à lui? Elle se retourna sur le ventre. Ses seins la gênaient. Elle les prit dans ses mains et se rendormit.

L'après-midi fut presque aussi chaud que celui d'un jour d'été, tempéré par la douceur de la saison neuve. Paris s'était vidé, dans les forêts proches. Dans le salon aux oiseaux de l'hôtel Saint-Valentin, Mrs. Ashfield, langoureuse, regardait un vieux film d'amour à la vidéo, la main dans la main de son mari, qui somnolait.

Dans la bibliothèque, Werner Bach, un étudiant

allemand de Paris XX essayait sur ses copains un nouvel appareil photo que venait de lui envoyer son père. Un 9 × 12 instantané en relief. Cinq secondes pour voir apparaître la photo en trois dimensions.

« C'est moche ! » dit Odette Colomb en se regardant sur l'épreuve.

« C'est toi qui es moche ! dit Werner. Tu es fringuée comme un para chinois !... Enlève tout ça, tu verras si je ferai pas une belle photo !... Vous êtes trois filles : mettez-vous à poil et je fais les Trois Grâces !...

— Oh ça serait marrant ! dit Thérèse, la sœur d'Odette. On le fait ?... »

Les deux grandes brunettes en avaient bien envie, mais elles n'osaient pas. Si Mrs. Ashfield arrivait, est-ce qu'elle serait fâchée ? On ne sait jamais, avec les Américaines... Odette interrogeait Judith du regard.

« Moi je m'en vais, dit Judith. Tu viens ?... »

C'était à Olof qu'elle posait cette question, en lui tendant la main pour le faire lever du fauteuil au fond duquel il s'était renfrogné. Etonné, heureux, il se dressa, et la suivit.

Ils marchèrent longtemps, sur le trottoir de la rue Saint-Antoine, puis sous les arcades de la rue de Rivoli. Toute gêne avait disparu entre eux, ils étaient à l'aise, ils étaient bien. Ils parlaient de n'importe quoi, et ils étaient d'accord, et ça n'avait aucune importance. Ils ne voyaient pas les gens vêtus de gris, mais cueillaient des yeux toutes les toilettes de couleur, en bouquets. Les femmes avaient, pour la première fois de l'année, sorti leurs chemisiers légers, où dominaient les jaunes, orangés, verts, avec, tout à coup, l'éclat d'un rouge.

Ils traversèrent la rue en arrivant aux Tuileries,

dont les arbres et l'herbe se confondaient en une grande mousse verte légère, et tournèrent vers les jardins du Louvre. Olof, tout à coup, se mit à rire.

« Regarde où notre inconscient nous a conduits !... » dit-il.

Devant eux, à quelques pas, se dressaient sur leur piédestal *les Trois Grâces* de Maillol...

« Qu'elles sont belles ! » dit Judith, en joignant les mains de gratitude.

Elle tourna autour d'elles, admirant la douceur des épaules, les mains qui se touchent sans se joindre, les petits visages paysans, têtus et naïfs. Olof la suivait, souriant, heureux de la voir heureuse devant la beauté.

Elle répéta, à mi-voix :

« Qu'elles sont belles !... »

Olof lui prit les mains, du même geste que les Grâces, légèrement, par le bout des doigts. Il lui dit :

« Tu es belle, à toi seule, plus que toutes les trois... »

Elle haussa les épaules, mais sourit. Les mots lui tournaient, chauds, autour du cœur, et palpitaient dans ses tempes. Elle sentit ses joues rougir. Elle dit :

« Tu es bête !... »

Elle délivra ses mains et s'assit dans l'herbe, le dos contre le piédestal de pierre. Olof s'assit près d'elle. Le soleil déclinant leur chauffait le visage. Le gazon ras, qui venait de subir sa première tonte, sentait très fort le foin coupé.

« Comme ça sent bon ! dit Judith. Qu'est-ce que c'est ?

— C'est l'herbe... »

Un peu partout, sur le vert des pelouses, étaient couchés des couples en couleurs vives. Une famille scandinave pique-niquait en rond autour d'un papier paille. Les statues et les arbres se dressaient vers le ciel bleu clair. Un petit chien gris, frisé, courait après un invisible.

Judith quitta l'appui de la pierre et s'allongea entièrement. Elle eut l'impression de se coucher dans l'odeur de l'herbe coupée. Elle était vivante, présente autour d'elle comme un liquide, elle débordait au-dessus de son corps, le baignait. Les yeux clos pour échapper à la réalité, elle but le parfum lentement. longuement, jusqu'au fond de ses poumons.

Olof se pencha vers elle, écarta sa main et lui dit à voix basse :

« Ouvre tes yeux... »

Elle ouvrit les yeux et le regarda. Olof fut saisi de vertige. Ces yeux dorés, sans limites, n'étaient pas de ce monde... Ils s'ouvraient sur autre chose, l'infini, le secret de l'univers, le bonheur total de savoir et d'être, dans la lumière... Ils étaient une fenêtre, une porte, un chemin...

Une bouche qui n'était pas encore une bouche de femme, des lèvres sans fard, roses comme une rose, simplement, pleines, fraîches, fraîches...

Judith regardait Olof penché vers elle et ne reconnaissait plus très bien son visage. De nouveau, il était devenu confus... Trop près... Il s'approchait encore... Avec délicatesse, avec tendresse, avec ferveur, Olof posa ses lèvres sur les lèvres closes... Non, elles n'étaient pas fraîches, elles étaient brûlantes... Ils n'étaient pas très habiles, ni l'un ni l'autre. Elle mit ses bras autour de lui et l'attira contre elle, elle ouvrit la bouche, appelant un baiser plus précis. Sa respiration lui échappait, se précipitait, ses mains se crispaient sur les bras qui la tenaient, elle détourna sa tête, puis revint vers lui, et chercha de nouveau sa bouche. Elle gémit un peu, le serra sur elle, elle aurait voulu qu'il l'écrase, elle sentait son poids sur ses seins et son ventre, mais ce n'était pas assez, pas assez... Elle le serra plus fort, plus fort encore, et tout à coup quelque chose céda, craqua, s'écroula, la nuit s'abattit sur elle, une nuit absolue, suffocante, écrasante, le poids d'un océan de nuit. De ses deux mains à plat elle la repoussa, elle repoussa Olof, le rejeta, saisie d'une panique totale, peur, terreur, noir, noir, tout était noir : lui, autour de lui, au-dessus de lui, noir...

Elle aurait voulu hurler mais elle n'avait plus de souffle, elle se dégagea, se releva d'un bond et courut...

Il était resté à genoux. Il la regardait s'enfuir, il ne comprenait pas.

Olof revint place des Vosges le surlendemain. Il trouva l'hôtel Saint-Valentin en effervescence et Mrs. Ashfield encore en robe de chambre à midi passé. Au téléphone...

« Bonjour, maître... Ici Rebecca Ashfield... Ouiii !... Merci, vous êtes charmant !... J'ai besoin de vous voir de toute urgence... Cet après-midi ?... 17 heures, c'est parfait !... A tout à l'heure !... Ah ! monsieur Olof !... Je m'excuse de vous recevoir dans cet état !... Je suis submergée !... Je me noie !... Nous partons !...

— Quoi ?...

— Valentine vient d'être nommé secrétaire général de la délégation américaine à la conférence des Présidents !... Il s'est déjà envolé !... Nous le rejoignons à Washington !... Le temps de tout emballer !... Mais j'ai l'habitude... La femme d'un diplomate, vous savez !... Vous m'excusez de ne pas vous inviter... Je pense que je ne déjeunerai même pas... Je n'ai pas le temps... Et comme Judith est malade...

— Malade ? Qu'est-ce qu'elle a ?

— Je ne sais pas !... De la fièvre, un peu... Le médecin dit " Pas grave "... Antibiotiques, bien sûr...

— Puis-je la voir?

— Elle dort... D'ailleurs elle ne veut voir personne... J'espère que nous vous reverrons avant notre départ!... A bientôt!... »

Elle le mit presque à la porte. Elle avait la certitude qu'il était pour quelque chose dans la « fièvre » de Judith, et il ne lui plaisait pas, il ne lui avait jamais plu.

Elle renonça à déménager : elle paya un an de loyer d'avance, et chargea son notaire parisien d'acheter l'appartement ou, si possible, l'hôtel tout entier. Elle l'aimait beaucoup. Ils y reviendraient. Cette solution leur permettait de partir tranquillement, rien qu'avec des valises.

Olof téléphona le lendemain pour avoir des nouvelles. Mrs. Ashfield le rassura. Quand il se présenta deux jours plus tard, elles étaient parties.

Mrs. Ashfield avait laissé les oiseaux. Sauf Shama.

Judith! Partie!... Ce fut comme s'il avait reçu en travers de la poitrine la branche d'un arbre arrachée par le vent.

Un réflexe, d'abord : recouvrer sa respiration et sa pensée normales. Constater que la vie continue. Et commencer à réfléchir à ce qu'il est possible de faire pour retrouver Judith. S'il ne fait rien, il ne la reverra jamais. Inacceptable. Impossible. Il doit la rejoindre.

Il n'a pas de ressources personnelles. Son séjour en France, payé par son gouvernement, n'a plus de raison d'être : le groupe de Meudon est devenu, après la paix, comme une mayonnaise tournée. Rien ne va plus, l'intérêt des chercheurs a fondu. La plupart sont retournés chez eux. Olof est resté uniquement à cause de Judith. Maintenant il va retourner en Pologne, pour se faire envoyer aux Etats-Unis.

A Varsovie, il trouva le ministère de la Culture et les bureaux de la Recherche dans une indescriptible pagaïe molle et joyeuse. A la discipline de fer avait succédé le doux bouillonnement du caramel. Derrière chaque porte il rencontrait une bonne volonté sans restrictions et des sourires jusqu'aux oreilles. Oui, oui, tout ce qu'il voulait. Les Etats-Unis ? Oui oui oui. Une bourse ? Oui oui oui. Il n'y avait pas d'argent, mais on lui en trouverait. Qu'il revienne demain. A quelle heure ? Quand il voudrait. A neuf heures ? Oui oui oui. Quand il revenait il trouvait les mêmes visages, ou d'autres, avec les mêmes sourires et le même désir de lui donner satisfaction, absolument, tout à fait, les Etats-Unis, d'accord, c'était parfait, revenez demain.

Ce fut là, à cette occasion, dans ces bureaux, qu'il se rendit compte que, lui, le souffle d'Helen ne l'avait pas changé. Réfractaire à la L.M. Immunisé. Totalement. Il prit des colères de gorille, jeta des fonctionnaires contre les murs, renversa une muraille de classeurs, brisa un bureau par le milieu. Il provoquait l'étonnement et la consternation, mais les sourires revenaient, et il n'obtenait toujours rien. S'il avait eu assez de sang-froid pour réfléchir, il aurait convenu que les nouveaux bureaux restaient dans la tradition éternelle des bureaux de tout temps et en tout lieu, que les fonctionnaires qui les occupaient comme escargot occupe la coquille devaient emplir des états, écrire des indications dans les blancs des imprimés, en tirer des photocopies, les accrocher avec des trombones, les ranger dans des chemises, établir le dossier complet en sept exemplaires plus un pour le directeur du cabinet du ministre, envoyer les exemplaires dans les bureaux concernés, les faire circuler, les recevoir avec les annotations et les visas, les rectifier, les renvoyer, les empiler à leur retour en attendant le dernier qui n'arrivait pas, les soumettre ensuite au chef de service qui les paraphait et les transmettait à un chef supérieur auquel incombait le visa final.

Il fallait du temps, pour cela !... Au moins, pendant

tout ce temps qu'il fallait, le sourire avait-il remplacé la hargne.

C'était ce sourire qui, justement, exaspérait Olof. Des gens souriaient! Alors qu'il avait le cœur lacéré...

Finalement, il razzia la pile de dossiers, les transporta lui-même d'une porte à l'autre, secoua les fonctionnaires successifs jusqu'à ce qu'ils eussent mis le nez dedans et inscrit leur accord. Et la dernière signature, qui manquait, il l'apposa de sa propre main. Personne ne vérifie jamais l'authenticité des signatures administratives. Trois mois après son retour, il partait pour les Etats-Unis. Quand il y arriva, Judith venait de les quitter, pour Colombo, la capitale de Sri Lanka, anciennement Ceylan.

Judith regardait la T.V. murale, assise dans un fauteuil d'osier tressé à la main, dont le dossier en dentelle et volutes débordait d'elle comme les rayons d'un soleil frisé. Le changement de climat la fatiguait. Et depuis sa scène avec Olof aux pieds des trois Grâces elle dormait mal. Elle s'éveillait plusieurs fois dans la nuit, écrasée de peur, cette même peur incompréhensible, terrible, qui l'avait arrachée aux bras d'Olof et fait s'enfuir en courant. Il lui fallait de longues minutes pour recouvrer son calme, sentir s'apaiser les battements de son cœur, et se rendormir en pensant à lui...

Elle était contente de ne pas l'avoir revu. Soulagée. Mais insatisfaite. Il lui manquait. Il y avait maintenant, dans la vie en elle et autour d'elle, un vide que sa présence seule aurait pu combler. Elle éprouvait parfois un besoin si puissant de le retrouver qu'elle tendait les bras devant elle en gémissant, pour le toucher... Et tout à coup la peur revenait, dure, noire, immense. Elle se mettait à trembler et ne se rassurait qu'à la pensée, la certitude, qu'elle ne le reverrait jamais.

Elle ne voulait plus penser à lui. Elle ne voulait

plus! Elle quitta son fauteuil et alla s'allonger sur le lit étroit au mince matelas de caoutchouc mousse. Elle était en bikini bleu à fleurs jaunes. Son soutien-gorge la serrait. Elle le dégrafa et le lança n'importe où. Olof... Non! Elle frissonna. A cause de l'air conditionné. Dehors, il faisait trente-cinq degrés. Elle fit basculer l'image T.V. au plafond, se glissa sous le drap. Dans l'écran, Henri Saint-Jean Petitbois parlait, doublé en cinghalais. Elle aurait bien voulu comprendre. Et se comprendre elle-même. Rien n'était simple. Les gens et les choses ne sont pas ce qu'ils paraissent. Elle venait de le découvrir pour elle-même. Et ce qu'elle était en réalité elle ne le comprenait pas. Elle avait dans la poitrine un vide noir, qui attendait. Qui attendait qui? Qui attendait quoi? Le ronron des paroles incompréhensibles de J.P. l'endormit.

Tous les présidents du monde étaient réunis depuis cinq semaines à Colombo. Plus d'ennemis! Plus de conflits à régler! Rien que des accords à faire coïncider ou s'enclencher les uns dans les autres. Engrenages. Huile. Pour que ça tourne. Chaque jour un communiqué publiait les résultats des travaux. Extraordinaires. Bonne volonté universelle. Chacun donnait d'abord, et recevait en échange. Une économie mondiale fraternelle s'organisait. Il n'y aurait plus de batailles du hareng, du mouton, du pétrole ou de l'électronique. Il n'y aurait plus surabondance ici et famine là. Quand la situation se serait stabilisée. Car pour le moment...

Sri Lanka, l'île heureuse, avait été choisie comme lieu de la conférence car c'était une nation en paix, habitée par un peuple paisible et souriant qui semblait, depuis des siècles, préfigurer l'action d'Helen. Organiser le monde, cela risquait de durer longtemps.

Les présidents allaient et venaient, de leurs pays à Colombo, mais les commissions demeuraient. Valentine W. Ashfield fit venir sa femme et sa fille.

Rebecca Ashfield refusa d'habiter Colombo. Elle loua trois bungalows d'un hôtel de la côte est. C'était un peu primitif comme confort, mais cordial. Elle s'habitua vite au climat, grâce à la proximité de l'océan tiède. Et la cuisine lui donnait satisfaction : elle était si mauvaise qu'elle lui faisait perdre chaque jour une partie des kilos qu'elle avait pris à Paris sans pouvoir résister. Elle et Judith faisaient des va-et-vient perpétuels entre leurs chambres et l'océan Indien, dont les séparaient dix mètres de sable qui leur brûlait les pieds. Le vent constant de la fin de mousson poussait vers elles des vagues sans méchanceté qui leur claquaient la peau et les submergeaient de bulles pétillantes, leur faisant pousser des cris de bonheur. Valentine W. Ashfield rentrait le soir en hélico. Tous les singes de la forêt, derrière l'hôtel, se mettaient à crier en voyant arriver la grosse libellule. Ils levaient vers elle leurs petits visages aux gros sourcils, et dressaient à la verticale leurs longues queues en points d'interrogation.

« Pour bien comprendre l'action de la molécule L.M., disait J.P. dans toutes les langues du monde et par traducteurs interposés, il faut se rappeler quelle est, en gros, l'architecture du cerveau humain. Il est très compliqué, et encore plus que cela. Mais on peut dire, schématiquement, qu'il se compose de trois cerveaux superposés... »

Il dégagea, derrière lui, une table sur laquelle était posée une maquette de cerveau grosse comme une courge, en ôta des morceaux à deux mains, les posa à côté, et montra du doigt ce qui restait.

« Au centre, à la base, au commencement, se trouve le cerveau primitif, qui a un peu, comme vous le voyez, la forme d'une échalote... »

Sept traducteurs sur dix ne surent pas comment traduire échalote et dirent n'importe quoi : mangue, suppositoire, bout de banane...

« Là se trouve sans doute l'implantation des instincts primordiaux, pour la survie de l'individu et de l'espèce. Agressivité. Peur. Violence. Lutte pour la vie. C'est le cerveau du crocodile qui est en chacun de nous... »

J.P. s'arrêta une seconde, comme frappé par une idée, sourit et reprit :

« A propos de crocodile, il faut que je vous raconte une histoire : quand j'ai révélé à un membre des services secrets américains l'existence de la molécule L.M. et ses propriétés étonnantes... Oui, bon, appelons-la Helen, puisque c'est le nom que vous lui donnez dans le monde entier... Eh bien, j'ai dit à cet homme que j'avais essayé Helen sur un crocodile, et que celui-ci m'avait léché les mains ! Naturellement c'était faux ! Une image-choc, pour le convaincre... Je ne sais même pas si le crocodile peut tirer la langue... Il risquerait de se la croquer... Ha, ha !... Ce que je sais, c'est que le crocodile restera crocodile. Si vous lui tendez la main, il la croque ! Cram !... Et le bras aussi... C'est sa vocation de crocodile. Helen ne peut pas le changer. Helen ne peut rien changer à la nature des êtres vivants. Elle ne supprime pas l'agressivité qui leur est nécessaire pour survivre. Le chat continue de croquer la souris, et le lion la gazelle. Cram-cram ! Ils ne vont pas se mettre à manger du blé !

« Helen n'a pas changé la nature de l'homme ! Elle a seulement supprimé une particularité artificielle, anti-naturelle, qui s'était développée depuis des millénaires dans son cerveau...

« Autour du cerveau primitif, s'est développé au cours de l'évolution un second cerveau plus compliqué, qui devint peu à peu celui des mammifères supérieurs. Celui du chimpanzé, si vous voulez... Celui-ci... »

Les mains de J.P. assemblèrent des morceaux et la maquette du cerveau reprit du volume. Il restait des morceaux sur la table.

« Mais malgré son perfectionnement considérable, il reste cerveau d'animal. Tant que le mammifère ne disposera que de ce super-cerveau animal, il ne pourra devenir rien de mieux qu'un chimpanzé ou un dauphin. Alors l'évolution, autour de ce second cerveau, va en faire pousser un troisième... Le cortex !... »

Les mains de J.P. dansent sur la table, saisissant les morceaux restants, les rapprochent, les mettent en place, et voilà la maquette cerveau-potiron de nouveau complète. J.P. jubile.

« Et voilà le cerveau qui a permis à l'animal de devenir l'homme !... C'est, pour le moment, le bout de l'évolution... L'évolution ? Qu'est-ce que ça veut dire, hein ?... Pourquoi cette ascension, du crocodile à l'homme ?... Hein ? Voilà le vrai mystère... Qui a dirigé ça ?... La Nature ?... Voilà bien le mot le plus vague que j'aie jamais entendu... Dieu ?... Hein ?... Qui c'est, Dieu ?... Qu'est-ce que c'est ?... Qu'est-ce qu'il veut ? Qu'est-ce qu'il nous veut ?... C'est facile, de dire Dieu ! Dieu !... On explique tout avec ce mot !... Moi je suis un savant... Je cherche... Toute ma vie j'ai cherché... Je trouve partout la preuve que quelqu'un dirige, quelqu'un c'est pas assez dire, c'est misérable... quelque chose, un Grand Machin très simple, essentiel... Qui dirige tout... Mais je ne le trouve nulle part... Il est évident, et on ne le trouve jamais. Où es-tu, Machin ? Montre-toi !...

« Machin ne se montre pas !... Machin ne dit rien !... Je crois qu'il ne fait rien non plus... Il a donné l'élan au début... Et les règles... Le programme... A l'évolution... A la création... Une fois pour toutes... Ça avance... Ça tourne... Ça se casse la figure... Tout craque... Tout flambe... Ça recommence... Ça continue... Plus de grands reptiles? Les petits mammifères prennent le relais... Ils iront plus loin... Jusqu'à l'homme... Ça a bien failli craquer de nouveau, avec lui..., flamber totalement cette fois..., il aurait fallu tout recommencer à partir de l'amibe... Machin s'en fout... Il a tout le temps... L'éternité... Mais nous?... L'homme et ses bestiaux, ses petites fleurs, tout ce qu'il aime, ce pauvre crétin d'homme génial, il a bien failli faire flamber tout ça!... Il n'aurait pas recommencé, lui. Il était cuit...

« A cause d'une anomalie là-dedans! »

J.P. frappa d'un grand coup de sa main à plat sur la maquette du cerveau. Des morceaux s'envolèrent puis retombèrent en place en faisant caracacrash dans les micros, ce qui réveilla Judith.

Elle ouvrit lentement les yeux et vit J.P. qui, du plafond, tendait le doigt vers elle, en l'apostrophant. Elle aurait bien voulu comprendre ce qu'il lui disait...

« Je suis bête! Je n'ai qu'à changer de chaîne!... »

Sur la petite console posée près de son lit, elle promena son doigt sur la rampe des stations. Sri Lanka était loin de tout, on n'y recevait qu'une centaine d'émetteurs. Mais J.P. parlait sur tous. Elle le reçut d'abord en suédois, en allemand, en portugais-brésilien, en esquimau, en oxford qu'elle comprenait mais qui l'agaçait, en turc, en finlandais, en papou, qu'elle prit pour du polonais, ce qui la fit penser à Olof. Où était-il? Toujours à Paris? Est-ce qu'il regarde les étoiles? Je vais aller les regarder...

Elle allait éteindre la T.V., mais un dernier

effleurement lui avait donné J.P. au naturel, en américain avec l'accent de Montpellier. Elle aimait. Elle écouta.

Il avait la main posée sur le crâne-citrouille. Il disait :

« Là-dedans, au fond, tapi derrière les deux autres cerveaux, le cerveau primitif assume sa tâche... Essentielle !... Assurer la survie du bonhomme !... Agressivité !... Lutte pour la vie !... Mais attention !... Agressivité limitée à l'indispensable !... Agressivité envers la laitue et la pomme de terre et, s'il le faut, contre la vache et l'agneau... Le boucher, le maraîcher, le cultivateur, voilà les hommes du premier cerveau, armés par lui pour conquérir le casse-croûte quotidien sur les autres espèces vivantes. Naturellement, cela s'étend aux autres travailleurs. Gagner de l'argent pour se nourrir, c'est aussi tuer le bœuf. C'est naturel !... C'est crocodile !...

« Mais que se passe-t-il à l'autre extrémité ? Dans le cortex, le sublime cortex ? Celui-ci, comme vous le voyez, est divisé en deux, la gauche et la droite. La gauche commande la moitié droite du corps, la droite commande la moitié gauche. C'est comme ça... La gauche, c'est la raison raisonnante raisonnable rationnelle. C'est l'écriture, la logique, l'architecture, la technique... La droite, c'est l'invention, c'est le rêve, la poésie, la musique. La gauche a les pieds par terre. La droite ça plane. En gros tout ça, bien sûr, en gros... Je simplifie, je schématise énormément, mais en gros c'est ça... La droite regarde les étoiles, rêve d'y aller, et écrit de la science-fiction. Et la gauche, à toute vitesse, conçoit et construit les vaisseaux de l'espace... Le cerveau de gauche et celui de droite s'entendent

106

parfaitement, se complètent et agissent de concert. Ce n'est pas comme en politique ! Ha, ha !...

« Mais voilà que le crocodile s'en mêle !... Au cours des civilisations, pendant des millions d'années, il a empoisonné le cortex de ses pulsions primitives. A la moitié droite, il dit : " Ça serait formidable si nous agrandissions notre territoire. On craindrait plus rien ! Dominer ! Etre le plus fort pour avoir le plus gros bifteck et le manger tranquillement... " Et la droite rêve : nationalisme, hégémonie, impérialisme, idéalisme... Tout le monde heureux dans *ma* paix. Avec *mes* idées.

« Et le crocodile dit à la gauche : " Fabrique ! Plus gros ! Plus fort ! Cram-cram ! Boum-boum ! " Et la moitié gauche fabrique l'arbalète et le mousquet. La moitié droite rêve de découvrir les secrets de la constitution de la matière, s'étonne et s'émerveille devant le monde de l'atome. Et la moitié gauche fabrique la bombe atomique.

« Et l'intelligence du cortex, dominée par la férocité imbécile du crocodile, multiplie les moyens et les prétextes de tout détruire, dans un cram-cram universel... Il s'en est fallu de peu... Heureusement il y a eu Helen...

« Comment l'ai-je découverte ?... Qu'est-ce qui m'a fait, un certain jour, m'arrêter devant une station-service pour regarder un homme battre son chien ? Instinct ? Divination ?... C'était écrit ?... Le Grand Machin ?... Allez savoir...

« Excusez-moi... J'ai beaucoup digressé... J'étais venu simplement vous dire comment Helen avait changé le sort du monde... C'est bien simple : l'homme a respiré L.M., *Love Molecule,* la molécule de l'amour, son sang l'a transportée de ses poumons à son cerveau, et là, par sa seule présence, elle a neutralisé, asséché, fait disparaître, le lien artificiel que le premier cerveau avait, au cours des millénaires, tissé entre lui et le cortex. Le crocodile est rentré chez lui. Il a un travail à faire. Il doit le faire. A sa place. Il ne doit pas devenir le maître... »

Judith rejeta son drap et sortit de sa chambre. Elle reçut la chaleur nocturne avec bonheur. L'Océan faisait un bruit de grand journal qu'on froisse. Elle ne voyait dans le noir que les franges claires des vagues qui tombaient et rampaient vers elle. Le reste était sombre, jusqu'à l'horizon où commençaient les étoiles. Elle suivit la courbe du ciel, jusqu'à avoir la tête renversée en arrière et à perdre presque l'équilibre. Les étoiles... Olof... L'angoisse au fond de la poitrine...

Un gros crabe de sable passa sur son pied nu en courant de travers. Elle poussa un cri. Ils eurent très peur tous les deux. Il fonça dans son trou. Elle courut vers sa chambre. Une lune écornée commençait à sortir de la mer.

« Croaaa ! » dit Shama.

Il ouvrit un bec énorme. Il était assis sur le sable, aux pieds de Judith en train de prendre son petit déjeuner, devant sa chambre à deux pas de la mer, sous un arbre dont elle ne connaissait pas le nom et dont les feuilles en éventail semblaient avoir été inventées exprès pour faire une ombre ronde.

Elle posa dans le bec ouvert un gros morceau de papaye.

« Glouf ! » fit Shama.

Et il rouvrit le bec.

« Croaaa ! »

Il avalerait tout le déjeuner, si elle l'écoutait. Ne pouvant plus picorer, il avait repris l'attitude de l'oisillon et ouvrait son bec. Croaaa...

A la lisière de l'ombre, une douzaine de corbeaux noirs attendaient, piétinaient, et regardaient avec réprobation. Judith s'était aperçue avec étonnement que les corbeaux, à Sri Lanka, étaient aussi nombreux, curieux, familiers et impertinents que les moineaux à Paris. Ils arrivaient aussitôt que le serveur cinghalais, beau comme un jeune dieu grec qu'on eût teint au café, avait posé sur la table basse, sous l'arbre rond, le plateau supportant la théière d'argent et ses accessoires, les toasts croquants et un assortiment exubérant de fruits exotiques, merveilleusement mûrs et parfumés.

Elle avait essayé le café. Il était infect. Elle avait dû se remettre au thé. Ils le faisaient très fort. Elle y ajoutait du lait, du sucre, de la cannelle, de la cardamome, du citron vert, ce qu'elle trouvait sur le plateau. Le résultat était curieux. Elle trouvait la vie à Sri Lanka agréable. Avoir chaud, toujours... Ne plus s'inquiéter... Et ce vent qui ne s'arrêtait jamais, qui ne soufflait jamais plus fort ni moins fort, qui imposait sa présence perpétuelle, sans excès, qui vous poussait, poussait, poussait... Parfois, brusquement exaspérée, elle se jetait contre lui, en criant de colère et de plaisir, et allait se plonger dans la mer...

Les corbeaux noirs s'approchaient de la table désertée, nettoyaient ce qui restait, les miettes, les écorces, le beurre qui fondait, le sucre. Shama les laissait faire. Il était plein.

Puis il poussait un grincement qui était un ordre et ils venaient s'installer devant lui, à la lisière de l'ombre et de la lumière. Il avait entrepris leur éducation.

« Craaoo !... »

Cela signifiait : « Vous êtes des paysans ! » Il leur apprit d'abord à s'asseoir, comme lui, en relevant la queue.

Puis à ces barbares qui ne connaissaient que l'anglais, il enseigna le français :

« Craxk ! »

C'était du français corbeau.

Du haut de l'arbre rond, quelque chose qui devait

110

être un croisement de caméléon et d'écureuil jaillit le long du tronc jusqu'au sol, ramassa une miette de pain et remonta comme un éclair.

Allongée dans les franges de l'océan, les yeux pleins d'eau, l'eau pleine de bulles, les bulles pleines d'air chaud, Judith vit se pencher vers elle une flamme rouge. Elle la reconnut.

« Rory ! »

Elle voulut se relever, une courte vague vive lui faucha les jarrets, la renversa, la roula, lui emplit la bouche et le nez d'eau et de sable. Elle toussa, cracha, rit. Elle était debout.

« Qu'est-ce que tu fais ici ? Quand es-tu arrivé ?

— Cette nuit, avec ton père... Il m'a fait nommer à la conférence... Je le lui avais demandé. Il ne te l'a pas dit ?

— Non... Tes études, c'est fini ?

— Non !... On ne peut rien finir, en ce moment... C'est le merdier total... C'est sympa, mais ça tourne à vide. Comme une voiture, si tu appuies sur l'accélérateur quand tu as débrayé. En attendant que ça rembraye, j'avais téléphoné à ton père quand j'ai appris qu'il ferait partie de la délégation... S'il pouvait me prendre avec lui... Pas de nouvelles... Et puis tu vois c'est arrivé...

— Tu vas travailler avec lui à Colombo ?

— Ouais !... Il m'a loué un bungalow ici. Et pour commencer il m'a donné deux jours de congé ! C'est un mec au poil !

— Oui ! » dit Judith.

Elle se sentait tout à coup soulagée, joyeuse, redevenue la Judith des réunions entre copains, avant la soirée de ses quinze ans.

Elle éclata de rire et cria « Rory ! », en le poussant des deux mains. Il tomba à la renverse dans une vague. Il était en slip. Il ne se méfiait pas du soleil tropical. Le lendemain sa peau de rouquin était cuite, rouge vif, avec des archipels de cloques. Judith le massa longuement, doucement, avec de l'huile de coco. Il la prit dans ses bras et l'embrassa. Elle fut réconfortée, rassurée. Elle recommença. Ils avaient de l'huile partout.

Les vents avaient transporté Helen dans le monde entier, et tout le monde l'avait respirée. Elle était très active, une seule molécule suffisait à transformer un individu. Il se trouva, de-ci, de-là, un homme, une femme, une famille, qui respirèrent Helen à pleins poumons et ne furent en rien changés. On ne savait pas pourquoi. Réfractaires. Blindés. C'était le cas d'Olof. Leur agressivité restait intacte. Mais elle s'émoussait peu à peu, car elle ne rencontrait pas de quoi s'exercer. Un crocodile peut croquer une cuisse, pas un oreiller. La douceur l'étouffe.

La paix tomba sur les nations et ce fut le désastre. Toute leur vie, leur économie, leur organisation, étaient tendues vers un but unique : la guerre. Le but disparu, la corde de l'arc, en un instant, se ramollit, et les nations n'eurent plus en main qu'une quenouille. Des millions d'usines consacrées à la fabrication des armes, des véhicules guerriers rampants, nageants et volants, et de leurs milliards de pièces subdivisionnaires et détachées, et beaucoup d'usines qui ne travaillaient pas pour les combats, fermèrent leurs portes sur-le-champ ou firent faillite après une courte agonie... Par exemple les fabriques françaises de couches « Dodo » pour bébés virent leurs commandes fondre brusquement parce que leurs clientes travaillant pour la guerre n'eurent du jour au lendemain plus d'argent et durent se résigner à langer leurs enfants avec les vieilles couches de coton qu'elles retrouvèrent au fond des armoires. Il fallait, bien sûr, les décrotter et les laver, mais cela s'était fait pendant des siècles. Et les usines « Dodo », éminemment pacifiques, fermèrent.

Les pays neutres souffrirent plus que les ex-pays en guerre. La population de ces derniers savait déjà se nourrir de restrictions. Aujourd'hui pas de sucre, demain pas de beurre, après-demain rien du tout. On s'habitue... Les neutres, eux, étaient habitués aux grasses abondances. Quand les usines fermèrent, ils durent cesser de mettre une deuxième couche de beurre sur la confiture, et, bientôt, se contenter de manger sec leur croûton, qui de blanc devint noir. De l'est à l'ouest et du sud au nord, tous les pays étaient touchés par la crise de la paix universelle.

Grâce à la bonne volonté générale qui remplaçait l'habituelle agressivité des individus et des collectivités, et au fait que les budgets nationaux étaient libérés des charges écrasantes de l'armement, la crise fut rapidement maîtrisée. Il n'y eut nulle part d'émeutes ni de révolutions sanglantes. Des régimes changèrent sans effusion de sang. Des pays socialistes devinrent capitalistes et inversement. L'Angleterre changea sa dénomination. Le Royaume-Uni devint le Royaume soviétique : *Sovietic Kingdom*. Les communistes étaient au pouvoir mais avaient gardé le roi. Le carrosse du couronnement et les Rolls royales furent peints en rouge.

114

Comme toujours, la guerre avait fait faire un bond en avant à un certain nombre de techniques. Depuis un demi-siècle, les équipes de physiciens cherchaient à mettre au point la formule d'un générateur atomique à fusion, qui eût fabriqué indéfiniment une énergie bon marché et sans déchets dangereux. Ils tournaient autour des solutions, ils y étaient presque, ils n'y arrivaient pas. Ça piétinait dans les labos.

Le problème consistait à utiliser l'énergie du plasma. Le plasma est un état particulier de l'hydrogène dans lequel ses atomes, ses particules et sous-particules, tout le bazar infernal, deviennent enragés et s'agitent tellement que leur température atteint plusieurs millions de degrés. Alors tout pète et ça fait la joyeuse bombe H.

En pleine guerre, parce qu'il *fallait* trouver une nouvelle source d'énergie, le pétrole n'arrivant plus, un savant américain et un chinois émirent en même temps la même idée très simple : puisque la chaleur du plasma faisait disparaître tous les récipients dans lesquels on essayait de le maîtriser, au lieu de chercher en vain un récipient résistant impossible, pourquoi ne pas, tout simplement, *refroidir le plasma ?*

C'était idiot. Mettre la flamme du gaz au congélateur. Eteindre le feu pour qu'il ne brûle pas la casserole dans laquelle on a l'intention de faire bouillir la soupe. Burlesque. Ce fut pourtant à partir de cette proposition naïve que la solution fut trouvée, dans les derniers mois de la guerre, par cinq pays différents.

Et, dans la paix générale, poussèrent sur la planète, comme une éruption de boutons, les générateurs atomiques à fusion, les G.A.F., qui se mirent à fabriquer de l'électricité pour tous les besoins, et au-delà.

En même temps sortait de l'obscurité entretenue par l'opposition des compagnies pétrolières le moteur fonctionnant à l'hydrogène liquide, qui équipa bientôt tous les véhicules, terrestres, marins et aériens. On le nommait H.Y.M. : Hydrogene Motor.

Les G.A.F. et les H.Y.M. utilisaient comme matière première l'eau de mer, inépuisable et toujours renouvelée. Les G.A.F. ne fabriquaient aucun déchet atomique. Les millions de voitures équipées de H.Y.M. répandaient dans l'atmosphère, au lieu de gaz brûlés nocifs, de la vapeur d'eau. Celles-ci se condensait à la sortie des pots d'échappement. Les rues des villes étaient en permanence lavées à l'eau chaude...

Ces deux techniques mirent à la disposition de l'humanité un océan d'énergie peu coûteuse, qui donna une impulsion irrésistible à l'économie de paix et à ses nouvelles industries. La consommation fut multipliée par dix, par cent, et la production suivit.

L'épuisement des matières premières n'était pas un obstacle. La transformation de l'énergie en matière était passée du stade du laboratoire au stade industriel. On tirait du néant tous les minéraux dont on avait besoin. Il n'y eut plus de nations ni d'individus pauvres. L'abondance atteignait tout le monde, et chacun désirait en profiter encore davantage. C'était à qui produirait le plus pour qu'on pût consommer davantage.

Chaque jour voyait les zones industrielles s'étendre, des villes naître et bourgeonner. Tout se passait dans la joie, et du fait de celle-ci, la plupart des maladies avaient régressé ou disparu. Une maladie du corps est

116

presque toujours, avant tout, une maladie du cœur, au sens émotionnel du mot. Le cœur allait bien : l'industrie pharmaceutique dut se reconvertir. Elle fabriqua des crèmes de beauté, et des fromages sans lait.

Sur la terre tant éprouvée venait de commencer enfin, pour la première fois de son histoire, ce qu'on ne tarda pas à appeler le T.H.A.B. : *Total happiness and boom :* Bonheur et prospérité totaux.

Mais les Présidents, dès les premiers jours de la conférence, s'étaient posé une question terrible :

Comment se débarrasser des Bombes ?

Ils nommèrent une commission, dont Valentine W. Ashfield fut le rapporteur.

« Il n'y a qu'à les dévisser, dit le délégué irlandais, leur retirer leur sacrée foutue saloperie de plutonium et d'uranium, les revisser et les laisser où elles sont. Elles ne gênent pas, dans leurs trous. »

Et il remit le bec de sa pipe entre ses dents.

« Et ce plutonium et cet uranium, qu'en ferons-nous ? » demanda le délégué anglais avec un mince sourire.

L'Irlandais retira sa pipe de sa bouche et fit avec le tuyau un geste vague dans l'air.

« Nous n'avons pas à nous occuper de ça !... Nous sommes la commission des Bombes. Une fois sortis des Bombes, l'uranium et le plutonium ne nous concernent plus.

— Il faudra nommer une autre commission », dit le délégué égyptien.

Ils furent tous d'accord.

Le sort des Bombes enterrées fut ainsi réglé en moins d'une journée.

Restaient les Bombes terrestres mobiles, dont étaient truffés les chars et autres engins. Une solution

118

analogue leur fut réservée. Dévisser, vider, revisser. Les engins ? Une autre commission...

Restaient les Bombes sous-marines.

Et les Bombes sur orbite.

Les Bombes sous-marines, qui grouillaient dans les océans, à la rigueur, on pouvait envisager de les faire rentrer au port, un ou plusieurs ports construits spécialement pour, dans des atolls déserts, loin de tout, avec mille précautions, une à une, très doucement... Et quand on les tiendrait : dévisser, vider, revisser...

D'abord constituer une commission des Ports. D'accord. Réglé...

Mais les Bombes sur orbite ? Elles n'avaient pas été conçues pour revenir un jour se poser gentiment au sol comme des pigeons. Elles étaient construites pour tomber. Uniquement. En accélérant...

Il y eut un moment de grand silence dans la salle de la commission des Bombes. Les délégués venaient de prendre conscience, tous ensemble, de la présence, au-dessus de leurs têtes et des têtes de tous les êtres vivants, de ce réseau de tueurs en mouvement, attentifs, efficaces, à l'écoute, en attente...

« Est-ce qu'on sait combien il y en a ? » demanda le délégué coréen, après s'être raclé la gorge.

Un secrétaire aux cheveux rouges, assis devant un bureau annexe, tapota le clavier de son terminal. C'était Rory. Le terminal répondit directement dans les écouteurs des délégués, à chacun dans sa langue.

Le nombre des Bombes en l'air repérées et répertoriées était exactement de douze mille trois cent quarante-sept. Les plus petites pouvaient détruire une ville, les plus grosses un territoire.

Rory entendit la réponse en anglais. Il ne fut pas

tellement impressionné. Il n'avait jamais vu de Bombe en action. Rien que de vieux films sur Hiroshima. Avant le déluge. Ces douze mille Bombes étaient si haut, si loin. Douze mille, c'était de la statistique.

A sa droite, la paroi de verre donnait sur le vide. La commission siégeait au trente-deuxième étage de la tour du Riz, un hôtel moderne que le gouvernement de Sri Lanka avait réquisitionné et mis à la disposition de la conférence. En bas, sur l'esplanade devant l'océan, des centaines d'enfants nus couleur caramel avaient lancé leurs cerfs-volants dans le vent de la mousson. C'était le jeu national des enfants de Ceylan. Ils les fabriquaient eux-mêmes, ils étaient de toutes formes et de toutes couleurs, ils palpitaient des ailes, agitaient la queue, il y avait des fleurs et des dragons, des oiseaux, des tourbillons, des poissons, des visages, tous dansant et nageant dans le vent. Ils donnèrent à Rory l'impression d'être assis au-dessus d'un jardin fleuri agité par la brise, image même de la vie dans la joie, telle qu'il la concevait.

La conférence des Présidents se termina par une séance solennelle qui se tint à Kandy, l'ancienne capitale de Ceylan, dans les montagnes, où il fait un peu plus frais. Des milliers de journalistes avaient rejoint la foule innombrable de fidèles qui venaient célébrer, à la pleine lune d'août, la fête de la Dent du Bouddha. Ce jour-là, on sort cette Dent vénérée du temple qui l'abrite, au bord du lac, et on la promène solennellement sur le dos d'un éléphant fardé, peint, vêtu de robes somptueuses brodées d'or et de pierreries. D'autres éléphants pareillement parés le précèdent et le suivent, lentement, sûrs de leur poids et de leur majesté. Des bouddhistes venus de tout l'Orient participent à la procession avec des chants et des cris, des orchestres, des tambourins, des danseurs masqués, des pétards, dans l'exaltation et l'amour.

Ce fut au Président de Sri Lanka qu'échut, en tant que Président invitant, l'honneur de lire la déclaration qui clôturait les travaux de la conférence. La séance s'ouvrit au lever de la lune, dans la salle principale du Palais Blanc, récemment érigé de l'autre côté du lac. Quand le Président de Sri Lanka, un petit homme au teint presque clair, monta à la tribune, toute l'assemblée se leva et fit silence. La feuille de papier tremblait un peu dans sa main. La déclaration était très courte. Il la lut en cinghalais et en tamil, qui sont les deux langues de Sri Lanka. Et chacun des Présidents, des ministres, des journalistes, l'ententit en sa propre langue dans son écouteur. Jamais une phrase officielle aussi brève n'avait contenu autant d'espoir :

TOUTES LES NATIONS DU MONDE SE DÉCLARENT UNE PAIX PERPÉTUELLE ET PRENNENT L'ENGAGEMENT DE TRAVAILLER AU BONHEUR DES PEUPLES.

Un gigantesque bouquet de fusées éclata au-dessus du lac, éclaboussant de ses couleurs la foule en délire qui accompagnait les éléphants autour du temple de la Dent. Les explosions des bombes de lumière vinrent hacher de leurs crépitements les acclamations qui rebondissaient d'un mur à l'autre de la salle des séances. Les Présidents et les ministres, et les journalistes eux-mêmes, pleuraient d'émotion, s'étreignaient les mains, s'embrassaient.

Les Présidents retournèrent chacun dans son pays, et les commissions allèrent se fixer dans les grandes villes des nations où elles enfantèrent des sous-commissions desquelles naquirent des sous-sous-commissions. Toutes ces bonnes volontés se trouvaient devant un travail considérable : elles avaient à organiser le bonheur des peuples.

Valentine W. Ashfield quitta la commission des Bombes pour devenir secrétaire général de la commission de coordination. Sur ses épaules minces reposait la responsabilité de faire coïncider entre eux les effets des bonnes volontés de toutes les commissions, y compris la sienne. Il se déplaçait sans cesse, d'un continent à l'autre, à bord de son avion spécial bourré d'émetteurs, de récepteurs, d'enregistreurs qui bourdonnaient sous les doigts d'une équipe sans cesse accrue de secrétaires des deux sexes. Il lui fallut s'adjoindre pour les contenir un deuxième puis un troisième avion superjumbo. Il avait beaucoup apprécié le travail de Rory à Sri Lanka. Il le fit nommer chef de son secrétariat particulier et l'emmena partout. Rory ne chantait plus. Il n'en avait plus le temps, plus guère l'envie. Quand il empoignait un micro, ce n'était pas pour l'enchanter de musique, mais pour le bourrer de chiffres, d'instructions, de rectifications, d'interrogations. Ce travail le passionnait.

Rebecca Ashfield déclara que ce n'était plus une vie. Non seulement son mari n'était jamais là, mais à aucun moment elle ne savait même où il se trouvait, entre deux capitales ou deux couches de nuages. Elle fit équiper, avec la fortune des mormons, un quatrième avion, qui devint un appartement de quartorze pièces avec salles de bains, et suivit son mari partout. Elle emmenait naturellement Judith, qu'elle fit accompagner des professeurs indispensables. Elle emmenait aussi son cuisinier français, son chocolatier belge, sa gouvernante anglaise et quelques serveurs cinghalais. Et des invités, bien sûr, plus ou moins, selon les destinations et les escales.

Ce fut à Bruges que Judith devint la maîtresse de Rory. La caravane volante de Valentine s'était posée le samedi soir à Bruxelles, où siégeait la commission des Métaux lourds. Rebecca déclara qu'elle voulait voir les champs de tulipes de Hollande. Un hélico emporta la famille, et Rory qui ne la quittait plus. Mais on était en janvier : il n'y avait pas de tulipes. Rebecca se décida alors pour les carillons. Il fallait coucher à Bruges pour entendre ceux du matin. On coucha dans un vieil hôtel très confortablement et respectueusement entretenu. Rory et Judith allèrent le soir faire une promenade le long des canaux. Ils étaient gelés...

Ils rentrèrent avec le nez rouge. Rory accompagna Judith jusqu'à sa chambre et y entra. Judith ferma la porte derrière lui. Il fallait bien que ça arrive, un jour ou l'autre... Elle aimait bien Rory. Il était gai, solide, sans ombre. A côté de lui elle se sentait à l'abri des dangers et des mystères.

Les carillons la réveillèrent. Elle entendit d'abord le plus proche, puis d'autres et d'autres encore, plus ou moins estompés et adoucis par la distance. C'était extraordinaire, toute la ville chantait, comme une forêt dont les oiseaux saluent le jour. Elle écoutait sans ouvrir les yeux, et il lui fallut quelques secondes pour se rendre compte que sa main gauche était posée sur la cuisse nue de Rory, couché à côté d'elle.

Elle se souvint. Cela avait d'abord été plutôt déplaisant. Et comme c'était bizarre !... La deuxième fois avait été moins déplaisante. Mais pas plaisante non plus. La troisième fois, elle s'était rendu compte qu'elle pourrait y prendre goût. Elle réveilla Rory...

Dans les semaines et les mois qui suivirent, elle apprit à y prendre plaisir. Il n'y avait pas de quoi délirer, mais c'était un moment agréable. Quand Rory ne se pressait pas trop.

Son angoisse avait disparu. Il lui arrivait encore de penser à Olof, mais comme à n'importe qui. Elle fit couper ses longs cheveux et se coiffa selon les changements de la mode.

Arrivé aux Etats-Unis, à Houston, Olof avait eu deux soucis : se faire accepter de la N.A.S.A. pour y poursuivre ses recherches, et retrouver Judith.

Il lui fallut deux ans pour parvenir, avec ses faibles moyens financiers, à joindre une des trajectoires de la famille volante, et à revoir enfin Judith, pendant un de ses courts séjours à Washington.

Elle revenait, avec toute la caravane, qui comprenait maintenant onze avions, de Cork, en Irlande, où siégeait la sous-commission du Plancton.

Elle avait profité de son escale dans ce pays pour épouser, selon le rite catholique dans lequel il avait été élevé, Rohr O'Callaghan, dit Rory.

Olof regardait Judith avec stupéfaction. Mariée!
Comment était-ce possible? Elle était assise sur un
haut tabouret, devant le bar en acajou de son salon,
style XXe siècle européen, dans l'appartement-abri que
sa mère lui avait offert en cadeau de noce.

La guerre finie, ces abris inutiles étaient devenus
très à la mode. On en faisait des garçonnières, des
folies. Celui de Judith s'étageait en triplex du 8e au 10^e
sous-sol blindés. Entièrement meublé de meubles
anciens authentiques des années 80. Des fauteuils
d'acier. Des divans vastes comme des lacs, en vrai cuir
de bête. Quand on s'enfonçait dedans, on ne pouvait
plus en émerger. Olof avait posé son derrière juste au
bord. Il était bien loin de se laisser aller. Il serrait son
verre à deux mains, comme une perche. Et mariée à
qui? Ce rouquin!... Debout appuyé au bar, près
d'elle... Lourdaud!...

Elle regardait Olof par instants, rapide, sans s'arrêter sur lui, elle revenait toujours au rouquin... Son
mari!... Qu'est-ce qu'il faisait déjà, celui-là?... Il

l'avait connu... Ah! Il se rappelait... Il demanda, avec agressivité :

« Tu chantes toujours ?

— Non ! dit Rory en souriant. Pas le temps...

— C'est dommage... » dit Judith.

Et elle appuya sa joue contre la poitrine de son mari, vêtue d'un pull léger vert pâle.

Tout à coup elle se pencha vers Olof, ouvrit ses yeux immenses et lui offrit tout son regard... Sans fond, sans ombre, la lumière du monde !...

« Tu as toujours envie d'aller dans les étoiles ? Tu m'avais promis de m'y emmener, tu te rappelles ? »

Il posa brusquement son verre par terre, près de son pied droit, se leva et s'en alla, sans un mot. L'ascenseur le posa dehors en trois secondes.

S'il était resté il se serait mis à hurler. C'était horrible. Judith et ce... N'importe qui, n'importe qui, cela aurait été horrible. Ce n'était pas possible. Elle n'était pas faite pour ça... C'était monstrueux... Toute nue avec... Des mains sur elle... Il cria. Aaaaah !... Un taxi crut qu'il l'appelait et s'arrêta. Il y monta. « Où allons-nous ? — Tout droit !... — Jusqu'où ? — Plus loin !... — Mais... — Y a pas de mais !... »

Judith dit d'une voix basse, un peu altérée :

« Qu'est-ce qui lui a pris ? »

Sans se la formuler, elle connaissait la réponse. Et au fond d'elle-même venait de renaître son angoisse, en forme de vide, d'absence, d'attente... Elle chercha la présence solide de Rory, s'appuya contre lui. Il disait :

« Tu l'as blessé !... Ce n'était pas une question à lui poser !... Tu sais qu'il a dû abandonner ses recherches ?...

— Non !... Je ne savais pas...

— A la paix, le Groupe de Meudon s'est dispersé. Il a essayé d'en reconstituer un à Houston, au sein de la N.A.S.A. Mais ça n'a pas collé. Il s'est fait plus ou moins éjecter. Je crois à cause de son caractère. Tu as pu en juger...

— Comment sais-tu tout ça ?

— La sous-commission de l'Espace s'est intéressée à lui, un moment. J'ai vu passer son nom sur un terminal. J'ai parcouru son dossier. Il accusait le G.P.D...

— Le quoi ?...

— Le Groupe Propulsion et Déplacement... C'est un secteur de la N.A.S.A... Il disait qu'on lui avait pris ses idées, puis qu'on l'avait rejeté... La sous-commission a fait une enquête... Ça ne tenait pas debout... Ses idées n'ont rien de personnel. Tout le monde cherche dans cette direction...

— Qu'est-ce qu'il est devenu ? Qu'est-ce qu'il fait maintenant ?

— Il est toujours à la N.A.S.A., mais plus à la recherche. Il s'entraîne comme pilote des navettes. Je veux dire il s'entraînait au moment de l'enquête. Maintenant, je ne sais pas. Ou bien on l'a viré ou bien il vole... »

Il sourit :

« Tu avais envie d'y aller, dans les étoiles ? »

Elle sourit à son tour, avec effort.

« Je ne suis pas folle... Mais les étoiles, ça fait rêver, non ? »

Ça fait rêver... Pourquoi était-il revenu ? Elle sentait de nouveau monter en elle ce besoin qui appelait, monter cette peur qui repoussait...

Ça se calmerait... Ça allait se calmer... Olof s'était fâché, il ne reviendrait pas.

Elle prit la main de Rory posée sur sa hanche et la serra contre sa joue.

De toutes les commissions, celle des Bombes avait le travail le plus urgent. Elle obtint tout le personnel voulu et des crédits sans limites, qu'elle mit à la disposition de ses sous-commissions d'exécution. Et son programme fut appliqué dans les plus courts délais. D'abord les bombes terrestres. Dévisser, vider, revisser. Pendant qu'on construisait des ports automatiques indestructibles dans cent sept atolls du Pacifique. Les Bombes sous-marines furent dirigées vers eux avec mille précautions. Elles arrivaient en file indienne, sortaient leur museau une à une. Prisonnière!... Dévisser, vider, revisser... Et la carcasse récupérée. Pour utilisation pacifique des composants et des métaux. Il y eut quelques accidents, mais qui ne tuèrent que des poissons.

Restaient les Bombes sur orbite. La première mesure, immédiate, avait été de les désamorcer, par ordre radio. Les états-majors concernés s'y étaient appliqués rapidement. Mais on ne pouvait pas être certain qu'elles avaient toutes obéi. On eut la preuve du contraire quand une vieille B.H. primitive, essoufflée, une des premières mises en l'air, prise tout à coup de frénésie, fonça sur son objectif, par bonheur au pôle Nord, une base sous-glaciaire américaine, par plus de bonheur encore évacuée depuis des mois.

La vieille B.H. fit son devoir d'aïeule : un trou de deux kilomètres de diamètre, et des millions de tonnes de glace et d'eau volatilisées. Ça regela aussitôt. C'est la commodité du pôle.

Et même celles qui avaient été désamorcées, quand elles tomberaient — et elles finiraient toutes par tomber — seraient pulvérisées par le choc et projetteraient autour d'elles de la poussière d'uranium et de plutonium, ce métal diabolique qui, sans combustion, sans explosion, en totale benoîte inertie, répandrait la mort pendant mille siècles par le moindre de ses milligrammes. Comment avait-on pu mettre ces choses-là en l'air ? Il fallait être totalement fou ! Nous étions fous ! Le monde était fou !...

On ne pouvait pas les ramener à terre. On ne pouvait pas les laisser où elles étaient en attendant passivement leur chute. La conclusion s'imposait : il fallait les envoyer plus loin... Dans l'espace.

Mais placer ces bombes errantes entre les planètes, c'était truffer de mines les chemins de l'avenir. On n'avait pas le droit de barrer la route aux futurs vaisseaux avec ces pièges monstrueux.

Et les envoyer hors du système solaire, c'était bombarder des innocents. Un jour ou l'autre, dans des siècles, chacune finirait par rencontrer un corps céleste, peut-être une planète, où peut-être des formes de vie se seraient épanouies, et y sèmerait la mort, de la plus horrible façon, sans raison, sans haine, la fatalité tombant du ciel... On ne pouvait pas envisager cela quand on avait respiré Helen.

Alors ? Que faire ? N'y avait-il pas de solution ?

Ce fut le délégué japonais qui la trouva. Un physicien. Il se leva, brandit de sa main droite un petit drapeau de papier. Grand comme la moitié d'un mouchoir. Le drapeau de son pays. Il posa dessus l'index de sa main gauche et dit :

« Ici ! »

En japonais.

Au centre du drapeau du Japon, un grand cercle orangé représente le Soleil.

Envoyer les Bombes dans le Soleil !...

Ce fut ce qu'il proposa. La grande fournaise primordiale les avalerait et les flamberait comme brins de paille. Elles pourraient bien exploser sur ses joues ou dans son ventre, ça ne ferait même pas une étincelle. Anéanties. Et elles ne pourraient plus nuire à personne.

On discuta pendant des semaines le pour et le contre. Elles seraient volatilisées par la chaleur avant d'arriver au but, et le vent solaire risquait de renvoyer vers la Terre les radiations nocives.

Négligeables ! Dispersées ! Détruites !

Et si les Bombes faisaient sauter le Soleil ? Ha, ha ! Rions !... Des crottes de puces sur un volcan...

On hésita, on avait peur, mais c'était la seule voie.

On décida d'essayer.

On en choisit une. On lui envoya un astronaute dans une navette. Il lui colla au flanc un émetteur « bip-bip » en porcelaine réfractaire, vint placer son engin derrière elle et la poussa. Accélérant, accélérant... Orbite après orbite, la Bombe et la navette s'éloignèrent de la Terre jusqu'au point où l'attraction solaire devint plus forte que l'attraction terrestre.

L'astronaute freina son propre engin avec ses moteurs rétro, et la fusée continua toute seule, vers le Soleil.

Des radars la suivaient. Elle devint petite, toute petite sur leurs écrans, disparut. On continua d'entendre son « bip-bip ». Puis elle se tut. On calcula qu'elle était à ce moment à proximité de l'astre. Fini.

On mesura pendant un an la radioactivité de la haute atmosphère. Aucun changement inhabituel. Alors le feu vert fut donné au programme. Et il fut décidé de se débarrasser de la même façon de toutes les horreurs qu'on avait extraites du ventre des Bombes terrestres et navales. On les placerait en orbite dans des containers. Des wagons du ciel. Des navettes les accrocheraient les uns aux autres. Des trains ! des convois ! Une « locomotive » les pousserait toujours plus loin... Jusqu'à ce que le Soleil les attire et les avale. Gloup ! Cher Soleil, père magnanime et tout-puissant...

C'était un programme considérable, qui allait demander beaucoup d'argent et d'énergie. Ni l'un ni l'autre ne manquaient.

Vingt ans plus tard, la Terre était presque entièrement débarrassée de ses bombes.

Mais les hommes, ses enfants, lui avaient créé d'autres ennuis...

Après huit années de mariage, Judith et Rory décidèrent d'avoir un enfant. Fille ou garçon ? Ils en discutèrent. La fille l'emporta. Elle naquit à Greenmill, une petite ville résidentielle au sud-est de San Francisco, au milieu d'une campagne encore presque intacte. Mrs. Ashfield leur avait acheté dans le plus beau quartier une adorable maison de style imitation colonial. Rory rentrait tous les soirs en hélico. Il travaillait à San Francisco, à la commission internationale permanente, qui y siégeait. Il espérait bien en devenir un jour le secrétaire général.

Quand ils emménagèrent dans l'adorable maison, où tout se faisait tout seul grâce à l'électronique, où il était si facile de vivre dans le silence ou le murmure de la musique et l'air conditionné, Judith en était à son septième mois. Les déménageurs emménagèrent, mirent tout en place, elle disait « là..., ici..., là... », et c'était fait, avec efficacité et bonne humeur.

Elle planta elle-même, dans la cuisine, au-dessus du tableau général de commande de la maison, avec le marteau de bronze qu'un des déménageurs portait à sa ceinture, un clou inoxydable auquel elle accrocha un cadeau que lui avait offert Rory au lendemain de leur mariage : la vraie recette du vrai Ketchup, écrite de la propre main de Méré, une aïeule canadienne de Rory. Méré, c'était le prénom Mary, prononcé à l'anglaise et écrit à la française. Elle avait vécu à Montréal entre 1831 où elle s'était installée avec son mari Castule Bergeron, et 1892 où elle était morte à septante-neuf ans, ayant reçu en toute conscience les derniers sacrements et dit *Amen.* Elle avait mis au monde dix-sept enfants dont quatre étaient morts en bas âge, les autres ayant donné la vie à soixante-deux filles et soixante et un garçons. Quand on enterra Méré Bergeron, l'église Sainte-Marie était pleine de ses enfants, petits-enfants, neveux et petits-neveux. Les cousins avaient dû rester dans la rue.

Judith avait fait plastifier et encadrer la recette et l'avait toujours gardée sous les yeux dans ses différentes résidences. Elle aurait bien voulu, au lieu d'acheter du Ketchup dans ces stupides petites bouteilles, essayer d'en faire à la manière de Méré :

Prendre 2 paniers de 6 pintes de grosses tomates rouges, 1 pied de céléri, 4 tasses de sucre d'érable, 6 pêches, 6 pommes...

Mais la suite de la recette était effacée, jusqu'aux mots : *Déposer dans une grande marmite...*

Les marmites, ça ne fonctionnait pas sur la cuisine électronique. D'ailleurs ça n'existait plus. Et il n'y avait plus de tomates. Les pêches, elle ne les connaissait qu'en conserve. Le céleri, elle ne savait pas si c'était de la race des poulets ou des lapins : un « pied » de céleri...

Elle transmettrait la recette incomplète à sa fille. Une relique inestimable.

Au neuvième mois, elle commença à trouver le

temps long et son fardeau encombrant. Elle décida, malgré les objections de sa mère, d'avancer son accouchement. Elle obtint une place à la clinique du Dr Tcherno pour le deuxième vendredi, malgré l'encombrement, la majorité des femmes choisissant d'accoucher pendant le week-end pour que leur mari soit là.

Elle entra à la clinique le matin, se coucha dans le lit berceur, avala une pilule rose, et se réveilla une heure plus tard avec sa fille dans les bras et le visage de Rory, souriant et bouleversé, penché vers elles deux.

Ils avaient choisi de la nommer Mary-Judith. Mais cela devint rapidement Fillilly, puis Filly.

Elle avait les yeux dorés de sa mère, et les cheveux rouges de son père.

Rebecca en devint folle. Elle l'accapara, l'absorba, l'emporta, la garda des journées entières chez elle, dans la maison qu'elle avait louée à proximité. Elle ne se comportait pas en grand-mère, mais comme si c'était elle qui avait mis l'enfant au monde.

Judith, peu à peu dépossédée de sa fille, finit par se rebeller, l'arracha un jour aux bras de sa mère, et mit presque celle-ci à la porte.

Rebecca, bouleversée, frisa la dépression. Mais elle avait du caractère. Elle réfléchit à ce qui lui arrivait et fit part à son mari de ses conclusions :

« Valy, nous devrions avoir un enfant !...

— Mais...

— Oui ! Je sais... Je n'ai plus l'âge... Mais avec les progrès de la médecine, aujourd'hui, l'âge ne doit plus être un obstacle ?... »

Valentine n'était pas très sûr qu'on pût rendre de nouveau fécond un organisme féminin qui avait cessé d'ovuler. Il proposa à Rebecca d'adopter un bébé. Ainsi elle pourrait le choisir... Mais elle voulait un bébé à elle ! Un bébé qu'elle aurait fait elle-même ! *Son* bébé !... Et cette fois ce serait un garçon !...

Ses yeux s'emplissaient de larmes en pensant à lui, et parfois elle se mettait même à sangloter.

Grâce à ses relations internationales, Valentine put se mettre en rapport avec les meilleurs gynécologues mondiaux, et les plus extravagants. Ayant soigneusement vérifié les résultats obtenus, ce fut à un vieux médecin népalais qu'il confia finalement sa femme.

Elle suivit un traitement à base d'onguents de fruits râpés qu'elle se passait sur le ventre, de breuvages d'herbes, de riz germé mangé cru, de fumigations qui sentaient le pipi de chat, de lait de chèvres vivant à 4 000 mètres d'altitude, d'exercices de yoga, et de prières qu'elle ne comprenait pas et qu'elle devait chanter chaque matin, tournée vers le soleil levant.

Et un beau jour, bouleversée, elle s'aperçut qu'elle avait recommencé sa fonction féminine. Elle était de nouveau capable de concevoir. Elle conçut.

Elle déclara à son mari qu'elle n'avait jamais été aussi heureuse. Valentine donna sa démission de tous les postes qu'il occupait encore et emmena Rebecca faire un nouveau voyage de noces, tout autour du monde. Il lui fit visiter des lieux pittoresques qu'ils n'avaient fait jusqu'alors que survoler, dans leurs nombreux déplacements de nation à nation. Elle avait parcouru des millions de kilomètres, mais n'avait encore jamais vu les Pyramides, ni Angkor ni même Venise !... Elle fut émerveillée. Ils s'attardèrent partout longuement. D'étape en étape elle se sentait rajeunir, emplie d'une grande et naïve joie. Elle joignit les mains d'admiration, et parlait à son enfant. Elle lui disait : « Regarde ! Regarde comme c'est beau ! Regarde comme le monde est beau ! Comme les hommes sont intelligents ! Ce sont eux qui ont fait ça, tu vois ? Tu peux être fier d'être un homme !... »

Elle était persuadée que son fils l'entendait et qu'il voyait ce qu'elle regardait. C'était peut-être vrai.

Ils se trouvaient tous les trois, son mari, elle, et leur enfant en elle, en train de visiter la très belle, très sainte, très vénérable ville de Kyōto, au Japon, que la dernière guerre avait, comme les précédentes, miraculeusement épargnée, quand elle ressentit les premiers symptômes de la délivrance. C'était un mois avant la date prévue, mais il n'était pas illogique d'envisager une issue un peu prématurée pour une grossesse aussi exceptionnelle. Mrs. Ashfield avait décidé depuis toujours que son fils naîtrait à Paris, place des Vosges, en l'hôtel Saint-Valentin, où elle avait fait ménager, sous la surveillance de son médecin gynécologue parisien, une salle de parturition ultramoderne, avec baignoire à degrés, pour accouchement vertical dans l'eau. C'était la technique la plus récente, inspirée des méthodes les plus anciennes, celles des dauphins et des baleines.

Avec leur avion personnel, qui était plus confortable que performant, il aurait fallu cinq heures pour aller du Japon à Paris. Mais le super-Concorde d'Air France ne mettait que trois heures. Il y avait un départ imminent. Mrs. Ashfield et son mari eurent le temps de le prendre. Valentine aurait voulu qu'elle se fît faire d'abord une piqûre retardatrice. Elle refusa. Elle voulait que son fils naquît à l'heure et la minute qui lui étaient fixées par la nature et le destin. Ils s'envolèrent à 13 h 50, pour Paris, *via* le pôle, dans le super-Concorde à quatre moteurs H.Y.M. fonctionnant à l'hydrogène liquide. Il portait sur son flanc blanc son nom inscrit en lettres italiques bleues : *Rue Royale*.

Au moment où il survolait l'extrême Sibérie à 55 000 pieds, peut-être fut-ce l'influence de l'altitude, Mrs. Ashfield ressentit de fortes contractions dans son système maternel et se cramponna à deux mains à l'avant-bras de son mari qui, un écouteur aux oreilles et un écran-lunettes devant les yeux, regardait un film et ne s'était aperçu de rien.

« Valy, murmura-t-elle, je crains de ne pouvoir me retenir jusqu'à Paris !... »

Diplomate, il avait l'habitude d'affronter avec calme les situations difficiles. Il lui dit en souriant :

« Eh bien, le cher garçon a choisi son heure et son lieu de naissance ! Ce sera un original, semble-t-il... Ne vous faites aucun souci. Tout ira bien. *No problem...* »

Sans cesser de sourire, il mit au courant des faits une hôtesse de l'air qui, souriant également, conduisit Mrs. Ashfield à l'infirmerie. Mr. Ashfield suivit.

Puis l'hôtesse chercha un médecin sur la liste des 917 passagers. Il y en avait trois, un Américain, un Chinois et un Français. Elle prit d'abord contact avec celui-ci. Il était oto-rhino-laryngologiste, mais il accepta d'assister la parturiente si ses collègues n'étaient pas mieux qualifiés. L'Américain était néo-psychanalyste-zen. Quant au Chinois, l'hôtesse ne parvint pas à comprendre quelle était sa spécialité.

Elle alla se décharger de sa perplexité sur les épaules du chef de bord, le commandant Mollet. Celui-ci, qui semblait, lui aussi, avoir des inquiétudes, mais d'un autre ordre, sans quitter des yeux la ligne de vol optimal sur le petit écran verdâtre de l'ordinateur de bord, la pria d'aller dire à Mme Machin de serrer les fesses jusqu'à Paris. L'hôtesse attendit la suite. Le commandant ajouta :

« Qu'ils y aillent tous les trois ! S'il y en a un qui s'évanouit, les deux autres le soigneront... »

Au moment où le *Rue Royale* survolait le pôle Nord, Mrs. Ashfield poussa un cri qu'elle retint de son mieux et quand elle retrouva son souffle pria son mari de sortir. Sa présence lui était d'un grand réconfort, mais la pensée qu'il la regardait en train de montrer son sexe ouvert à trois inconnus la gênait énormément. Bien sûr, à de tels moments, un sexe n'est plus un sexe, et devient une voie glorieuse. Mais, glorieuse, elle n'en reste pas moins intime. Valentine ne protesta pas et sortit rapidement. Il avait un peu mal au cœur.

Le médecin chinois dit à Rebecca quelques mots qui devaient être encourageants, prit une épingle au revers de son veston de soie bleue, la suça un peu pour la rendre plus glissante et la lui enfonça d'un coup sec à l'extrémité du deuxième orteil du pied gauche. Elle poussa un second cri plus fort que le premier mais, la surprise passée, se trouva extraordinairement soulagée en son ventre.

Tout est prévu à bord d'un long-courrier. Il y avait un lit d'accouchement à l'infirmerie du *Rue Royale,* avec une barre et des poignées pour se cramponner, et des arçons pour les pieds. Mais ce n'était pas du tout à cette méthode que s'était entraînée Rebecca Ashfield. Désorientée, elle s'efforça de son mieux, avec l'aide des trois médecins. L'oto-rhino, à tout hasard, lui dit : « Faites aaah ! » et lui examina la gorge. Le psychanalyste-zen lui inscrivit sur une feuille de papier une sentence qu'il lui recommanda de répéter sans arrêt mentalement, pour obtenir le calme intérieur et le communiquer à son enfant :

On ne doit pas penser
En avant, en arrière
Seulement le point du milieu.

Mais elle eut des doutes. Il fallait que son fils, au contraire, pensât vigoureusement « En avant ! », sans quoi il aurait des ennuis. Le Chinois lui piqua l'un après l'autre tous les orteils, et les deux oreilles. Son enfant, qui n'était heureusement pas au courant de cette triple assistance, se frayait peu à peu son chemin de la façon la plus naturelle.

Au moment où l'avion commençait à longer le Spitzberg, ses quatre moteurs se mirent à tousser, puis s'arrêtèrent tous ensemble. Le *Rue Royale* courut un moment sur son erre, rencontra un trou d'air, et tomba comme un fer à repasser. Le fils de Mrs. Ashfield, qui venait de mettre le nez dehors, remonta comme un suppositoire. Les 917 passagers et les 32 hôtesses et stewards furent projetés au plafond puis retombèrent de-ci, de-là.

Le commandant Mollet avait déjà fait deux rapports sur le mauvais fonctionnement des moteurs H.Y.M. à haute altitude. D'autres pilotes de supersoniques avaient également signalé le phénomène : la combustion, au-dessus de 45 000 pieds, devenait de plus en plus mauvaise : les moteurs manquaient d'oxygène. Les techniciens au sol et les ingénieurs bureaucrates répondaient que c'était impossible. Mais le *Rue Royale* tombait.

A 38 000 pieds, les deux moteurs de droite se rallumèrent, et le bel avion continua de tomber, mais en tournant. Quand il percuta la glace, les réservoirs d'hydrogène liquide explosèrent avec une violence superbe, fissurant la banquise sur mille mètres de profondeur, et dispersant les débris de l'appareil jusqu'au Groenland et à l'archipel du Svalbard.

C'est ainsi que Judith perdit en même temps ses parents et son petit frère, qui n'avait même pas eu le temps d'ouvrir un œil sur le monde extérieur.

La grande chute du *Rue Royale* marqua le début de l'automne de l'aviation. Et l'hiver suivit aussitôt. Les moteurs H.Y.M. sont des ogres d'oxygène. La haute atmosphère n'en contenait plus assez pour leur appétit. Et puis il n'y en eut plus assez non plus à 30 000 pieds, puis à 10 000, puis au ras des pissenlits. Cela paraissait invraisemblable, avec les énormes quantités d'oxygène que rejetaient dans l'atmosphère les milliers d'usines qui traitaient l'eau des fleuves et l'eau de mer pour en extraire l'hydrogène et le liquéfier. L'hydrogène des moteurs ne pouvait pas en consommer plus qu'il n'en avait laissé échapper ! La véritable cause du manque d'O, tous les présidents la connaissaient, et ils durent finir par l'admettre, sous peine de voir l'espèce humaine périr asphyxiée, comme commençaient à périr les animaux en liberté. Il fallait faire quelque chose. La commission internationale permanente fut chargée de trouver une solution.

Troisième partie

CIEL ARDENT
AU-DESSUS DES NUÉES

« Judy, Judy, tu m'entends ?

— Oui, oui, je t'entends, où es-tu ?

— Judy réponds-moi ! Judy tu m'entends ?

— Oui, oui je t'entends, Rory ! Je t'entends, où es-tu ?

— Ah, je te reçois ! Judy tu m'entends bien ?

— Oui, oui, très bien, je t'entends très bien...

— Moi je t'entends mal, ça ne fait rien, écoute-moi : je vais me poser dans un quart d'heure, il faut que tu sois prête à embarquer avec Filly, nous repartirons aussitôt... Judy tu as bien entendu ?

— Oui, j'ai entendu. Tu nous emmènes où ?

— Je ne sais pas... Ce qu'il faut c'est partir...

— Mais... mais... Pourquoi ? Pour combien de temps ?...

— Je t'entends mieux, c'est meilleur... Je t'expliquerai... Maintenant pas le temps... Sois au bout du jardin dans dix minutes avec Filly, je ne sortirai pas de l'appareil... Pas le temps...

— Mais... les valises ?... Dix minutes ! Comment veux-tu ?... Qu'est-ce que je dois emporter ?...

— N'importe quoi... Rien, rien, Judy...

— Nous reviendrons bientôt ?

— Peut-être jamais... Sans doute jamais... Prends Filly par la main, viens avec elle au bout du jardin et ne la lâche plus pour l'amour du ciel, Judy, ne la lâche plus !

— Mais elle n'est pas là ! Elle est à l'école !

— Seigneur ! J'avais oublié l'école ! Cours la chercher, cours !

— Mais qu'est-ce que je vais dire à miss Thomson ? Elle va me demander des explications !...

— Tu ne dis rien, Judy, tu prends Filly et tu l'emmènes ! Dépêche-toi !

— Mais au moins dis-moi pourquoi tu... Allô ! Allô Rory ! Allô !... »

Rory ne répondait plus. Judith courut vers la pièce de sortie de la maison, enfila ses caoutchoucs sur ses pieds nus, mit rapidement son ciré orange, en rabattit le masque sur son visage, et se jeta dans la tourmente de neige qui balayait la rue.

A peine avait-elle fait trois pas qu'elle s'arrêta pile, rentra en courant dans sa maison et en ressortit presque aussitôt, portant la cage de Shama, avec Shama à l'intérieur, une cage étanche transparente avec son petit générateur d'oxygène, car le corbeau blanc ne pouvait pas respirer avec un masque. Il aurait sans doute pu, s'il avait voulu, Judith lui en avait fait faire un sur mesure, pour qu'il puisse voler à l'extérieur, mais il était allé se regarder dans la grande glace du salon, d'un œil puis de l'autre, s'était trouvé horrible et avait poussé des clameurs jusqu'à ce que Judith lui enlevât ce déguisement humiliant. Alors Filly le sortait une fois par jour dans sa cage étanche pour qu'il « prenne l'air » au moins par les yeux. Mais ce qu'il voyait le rendait si triste que presque toujours, pendant la promenade il se cachait la tête sous une aile.

Judith courait, Shama secoué protestait : « Croa! croa! En voilà des manières! Tu ne peux pas faire attention? Où allons-nous? Tu n'as pas besoin de tant courir! C'est aussi moche là-bas qu'ici! » Judith courait dans la neige grise. Née dans les nuages pourris, elle avait traversé dix mille pieds d'air pourri avant d'atteindre le sol où elle fondait en déposant sa crasse. Elle coulait en grandes traînées sales le long de murs contre lesquels le vent la jetait. Judith pensa qu'il faudrait repeindre encore la maison au printemps. Peut-être en rouge, cette fois-ci, ou canari. Toutes les maisons de la petite ville étaient peintes de couleurs vives. C'était la façon de lutter contre l'air gris. Mais les couleurs ne duraient pas. On profitait d'un ou deux jours sans pluie pour repeindre. Ils étaient rares.

Tandis que la double porte se fermait derrière elle avec un soupir, Judith avait réalisé qu'elle ne la rouvrirait peut-être jamais, que peut-être elle ne rentrerait plus jamais dans cette maison, dans *sa* maison. Elle ne comprenait pas, elle ne savait pas pourquoi mais il fallait courir... Elle était sortie avec seulement ce qu'elle portait sur elle, son pyjama sous son ciré, elle n'avait même pas de soutien-gorge, et ses seins dansaient un peu tandis qu'elle courait dans la neige grise, elle n'avait même pas pris un mouchoir, ni un dollar, ni son rouge à lèvres, elle regrettait ses pantoufles jaunes, elles étaient affreuses, elle le savait bien, elle ne les mettait jamais quand Rory était là, il ne les avait jamais vues, elles étaient si pratiques, est-ce qu'elle pourrait trouver les mêmes là où il les emmenait, les emmenait où, pourquoi ?... Comment pouvait-elle regretter des pantoufles alors qu'elle abandonnait tout ?

De la folie, c'était de la folie mais c'était ainsi, elle avait épousé Rory — quinze ans déjà ! quinze ans, mon Dieu c'était hier, déjà quinze ans — et depuis le premier jour elle ne lui avait jamais entendu prononcer une parole insensée, c'était l'homme le plus raisonnable du monde, il savait toujours ce qu'il disait, il venait de dire qu'il fallait courir et partir, il avait sûrement une raison pour cela, et elle était sortie de la maison, elle laissait tout, elle courait, elle allait aussi vite que les quelques voitures qui roulaient avec précaution sur la boue de neige grise, elle courait sans s'essouffler, son masque lui donnait de l'oxygène, de l'oxygène fabriqué, l'air pourri du dehors n'en contenait plus assez, l'école était à cinq cents mètres, du même côté de la rue...

La classe de miss Thomson comptait vingt-sept filles de huit à dix ans, des Blanches et des Noires et des mélangées.

On séparait de nouveau les filles et les garçons à l'école. Il y avait des classes pour les unes et des classes pour les autres. C'était la nouvelle pédagogie. On s'était aperçu qu'il valait mieux ne pas enseigner exactement les mêmes choses, ni de la même façon, aux enfants des deux sexes. Et qu'un garçon et une fille, après tout, c'était différent.

Miss Thomson était une institutrice noire, d'un noir noir, haute et large comme un champion, avec une voix d'homme, une bouche grande et rose comme la moitié d'une pastèque, et des cheveux très blancs en mille boucles presque rases. Elle était vêtue d'un collant orange, qui moulait les muscles ronds de ses épaules et sa poitrine presque plate. Elle dit à ses élèves :

« Prenez votre cahier de joies. Aujourd'hui c'est un jour qu'il faut marquer d'une grande croix, c'est un grand jour pour tous les enfants de Dieu. Tout à l'heure va commencer à accélérer le dernier convoi qui tourne en ce moment au-dessus de nos têtes, et qui va emporter vers notre cher soleil, pour qu'il les mange et les détruise, les dernières vieilles saloperies de Bombes...

« Le soleil, mes pauvres filles, vous ne l'avez jamais vu, sauf peut-être un peu les plus grandes quand vous étiez des petits bébés, et qu'il vous tapait dans l'œil entre deux nuages, mais un jour vous le verrez toutes, je vous le promets, ce n'est pas possible qu'on continue de vivre comme ça, toute la terre toute ronde enveloppée dans une saloperie de couverture grise de nuages. Les Présidents ont promis qu'ils allaient faire quelque chose, et vous le verrez, le vieux soleil, je vous le promets, il est toujours là-haut au-dessus du Nuage, il est notre père et notre grand-père, il est l'œil droit du Seigneur, et les hommes impies, tous ceux qui ne pensent jamais au Seigneur, qui ne pensent qu'à fabriquer, fabriquer, fabriquer, ont tellement fait cracher de saloperies par leurs usines dans les eaux et dans les airs que les eaux sont mortes et que l'air s'est pourri, et toute la terre s'est couverte d'un Nuage de honte qui nous cache l'œil de Dieu. Nous ne le voyons plus mais Il nous voit. Jésus! Tu nous vois! Nous sommes tes brebis! Un jour nous reverrons Ton œil rond qui nous regarde et nous donne la lumière! Alléluia! Alléluia! »

Elle se mit à chanter de sa voix de contrebasse et les vitres tremblèrent. Les filles se levèrent et chantèrent avec elle, alléluia, et hosanna, et le Soleil et le Seigneur et la Joie. Et quand elles eurent chanté elles se rassirent, prirent leurs cahiers et dessinèrent une grande croix rouge sur une page neuve.

Cela se passait juste au moment où Judith, qui

s'apprêtait à prendre son bain, avait entendu le signal « tut-tuut, tut-tuut... » du téléphone. Grâce au poste qu'il occupait à la conférence internationale permanente, Rohr O'Callaghan avait eu droit à une ligne privée, fonctionnant sur ondes dirigées, que les voisines ne pouvaient pas entendre, les autres lignes en faisceaux desservaient chacune dix ou douze abonnés ou même plus et tout le monde écoutait tout le monde, on n'osait même plus commander une caisse de boîtes de bière, parce que Mme Swann ne se gênait pas pour intervenir dans la conversation : « Est-ce possible, Judith ? Vous en avez déjà commandé une vendredi dernier !... Est-ce Rohr qui boit ainsi, ou est-ce vous ? » Dans une petite ville résidentielle comme Greenmill, toutes les familles d'un même quartier se connaissaient forcément. La ligne dirigée avait apporté un peu plus d'intimité, mais Mme Swann avait fait la tête pendant deux mois. Mon Dieu, pourvu qu'il nous emmène quelque part où il ne neige pas, cette horreur de neige molle sale, peut-être quelque part où on peut encore voir le soleil... Il dit que ça n'existe pas, nulle part sur la terre entière, mais il a peut-être trouvé un endroit où on peut encore le voir, encore un peu, encore quelque temps, quelques jours, c'est pour ça qu'il est si pressé, au sommet d'une montagne ou une île au milieu d'un océan, très loin des usines et il nous y emmmène, vite, vite, ça vaut la peine de courir... Mon Dieu, peut-être un endroit où on pourrait voir le soleil.

« Croa ! croa ! dit Shama. Qu'est-ce que tu crois ? »

Le Nuage a poussé très vite, à cause des moteurs à hydrogène si pratiques, si économiques, au carburant inépuisable. Ils ne crachent plus de gaz empoisonnés dans l'air, mais de la vapeur d'eau. Par millions, par dizaine de millions, par centaines de millions ils se sont mis à cracher de la vapeur d'eau au ras du sol et en l'air, et celui-ci est devenu saturé, plein de brumes et de brouillards que le soleil a pompés pour en faire des nuages, *le* Nuage, qui s'est rejoint partout et soudé à lui-même tout autour de la terre. Et l'air chaud montant des usines, des centaines de millions d'usines, lui a apporté leurs déchets gazeux, leurs poussières, tous leurs poisons. La terre est enfermée dans une boîte ronde molle empoisonnée.

La situation est grave. Les Présidents, qui se consultent constamment par téléphone, ont décidé qu'il fallait faire quelque chose. Il faudrait d'abord, évidemment, supprimer les moteurs à hydrogène. Mais les remplacer par quoi? Il faudrait réduire l'activité et le nombre des usines, mais cette mesure mettrait fin à la merveilleuse croissance production-consommation, qui rend tous les consommateurs et les gouvernements si satisfaits. Il faudrait trouver un moyen de condenser le Nuage, le résoudre en pluies pour qu'il dégage le ciel, c'est techniquement possible, mais il pleut et neige déjà beaucoup, ce serait le déluge, c'est un gros risque, il faut pourtant faire quelque chose, absolument quelque chose...

La commission internationale permanente travaille depuis trois ans sur ce problème. Elle n'a pas encore trouvé le moyen de concilier les besoins de la consommation avec le besoin de revoir le ciel. Rohr O'Callaghan en est devenu, comme il l'espérait, le secrétaire général.

Ce matin on a failli voir le soleil à Madagascar. Toutes les radios l'ont annoncé, les caméras T.V. ont visé l'endroit du ciel un peu plus clair que le reste de la voûte grise. Elles ont fait des panoramiques pour montrer la différence entre le gris très gris et le gris un peu moins gris. C'était un cyclone venu de l'océan Indien qui brassait et déchirait avec fureur les kilomètres d'épaisseur du Nuage, mais il n'a pas réussi à faire un trou, il s'est entortillé, étouffé, il est mort, du coton sale plein la bouche.

Tous les écrans du monde ont diffusé ce morceau d'espoir blême, et en voyant cette espèce de lueur difforme essayer de se faire une place dans les épaisseurs du gris, lancer des pseudopodes pâles puis les rétracter, lutter avant d'être submergée et avalée, les peuples ont senti grandir leur confiance dans l'avenir. Un jour viendra, oui, un jour... La commission travaille.

En courant vers l'école, Judith pensait aux montagnes de nourriture que Méré Bergeron avait dû faire cuire pour ses dix-sept enfants. Elle revit la recette aux lignes effacées, pendue au-dessus des boutons à pousser, des boutons à effleurer, des boutons à tirer, des boutons à tourner, et ce fut un déchirement. Elle retrouverait une autre cuisine, peut-être plus perfectionnée, et des fauteuils à bercer et des lits à dormir, et des télés partout. Mais le Ketchup de Méré Bergeron, jamais... Elle poussa la première porte de l'école, puis la deuxième, et se trouva dans la salle d'entrée où étaient pendus les cirés des filles, de toutes couleurs. Elle reconnut celui de Filly, vert bourgeon avec un capuchon bouton d'or et un masque bleu, le décrocha, entra dans la classe avec la cage et le ciré, toutes les têtes se tournèrent vers elle, Filly se leva et tendit les bras vers elle en criant « Maman! ».

Judith posa la cage, dit « Je m'excuse miss Thompson », mais à cause du masque miss Thomson et les fillettes n'entendirent que vra-vra-vra-vri-vron-vron, et Judith prit Filly par la main, la tira vers elle, lui enfila son manteau et son masque, lui reprit la main dans sa main droite, ramassa la cage de la main gauche et sortit de l'école en courant. Filly tout excitée courait en danseuse comme quand on fait la ronde, et parfois Judith tirait pendant que Filly avait les deux pieds en l'air et Filly se mettait presque à planer et poussait un cri de peur et de plaisir. La neige sale les frappait et coulait sur leurs manteaux et Shama criait d'indignation.

« Calmez-vous, mes filles, calmez-vous! disait miss Thomson. Si Mrs. O'Callaghan est venue chercher Filly comme une mère chatte qui emporte son chaton, c'est qu'il se passe sûrement un événement, et aujourd'hui c'est forcément un événement très bon, parce que aujourd'hui est un jour de joie... Peut-être le papa de Filly vient les chercher pour les emmener chez le Président pour boire la goutte ensemble, parce que le papa de Filly, vous le savez, c'est quelqu'un de très important. c'est le secrétaire général de la C.I.P., la grande commission qui travaille pour nous rendre le ciel bleu. Pour ça, il faut d'abord commencer à remplacer les moteurs à hydrogène par des moteurs à gravitation. La grande commission est en train d'examiner tous les projets de gravitation, je vous ai déjà expliqué ce que c'est. C'est la même chose que la pesanteur. Qui se rappelle ce que c'est?

— Moi moi moi! dit une fillette blonde très excitée, qui se leva. C'est Newton qui l'a inventée. C'est quand tu lâches une pomme elle tombe...

— Très bien, ma poule, dit miss Thomson, c'est ça la gravitation. Eh bien, avec le projet, quand tu lâches une pomme, au lieu de tomber elle reste en l'air là où tu l'as mise. Et si tu lui souffles dessus elle s'en va tout droit, c'est ça qui serait commode pour les automobiles ! Ah, ah, ah ! »

Miss Thomson se mit à rire et à ronfler de joie et recommença à chanter et les vitres tremblèrent et toutes les filles chantèrent hosanna et alléluia, hourra pour la commission et la gravitation et pour Mr. O'-Callaghan.

Et quand elles eurent fini de chanter, miss Thomson leur dit : maintenant prenez votre crayon bleu et dessinez un grand ciel bleu sur une page neuve, vous ne savez pas ce que c'est le ciel bleu, eh bien imaginez quand vous êtes dans la rue et que vous regardez en l'air à travers votre masque, au lieu de voir toute cette saloperie de gris, vous voyez comme un grand couvercle rond très haut, et bleu et bleu et bleu partout et transparent, comme un grand verre d'eau claire avec un peu de sirop de menthe verte qui serait bleu...

Judith et Filly n'avaient plus que cent mètres à courir avant d'arriver au jardin devant la maison. Elles couraient, tache orange et tache verte couronnée de jaune, derrière les rideaux gris de la neige. Judith tirait Filly d'une main, et de l'autre brandissait la cage pour écarter les pans de neige molle qui tombaient, et elle commençait à voir, au coin du jardin, à travers la neige, le grand sapin mort qui se dressait comme une arête noire dans le gris.

Filly se demandait où c'est qu'on va, pourquoi tu es venue me chercher, elle ne pouvait pas poser les questions à cause du masque, et c'était encore plus excitant de ne pas savoir. Elles avaient encore quelques mètres à courir, elles n'étaient pas du tout essoufflées, leur masque leur fabriquait de l'oxygène synthétique, avec une usine-pastille pas plus grosse qu'un haricot. De l'oxygène tout neuf, tout propre, fabriqué à partir de rien, et qui donnait de la vigueur et de l'optimisme. Bientôt il y aurait partout des grandes usines qui en fabriqueraient assez pour que l'air tout entier redevienne normal. Bientôt. Un jour...

Filly lâcha la main de sa mère et s'arrêta pile, en

montrant le ciel, ce qu'elle croyait être le ciel : le plafond du Nuage, imprécis et fondu dans la neige fondante qui tombait de lui. Judith leva la tête et s'arrêta à son tour : ce n'était pas l'appareil de Rory qui sortait du Nuage, le petit hélico électrique avec ses quatre pales rouges et sa cabine pendue au-dessous, en forme d'œuf blanc couché, peint de mille fleurs gaies, que Filly nommait familièrement « Coco », mais un œuf énorme, plus grand que la maison de la Banque, et ses pales tournaient au-dessus de lui comme une grande roue jaune qui faisait gicler la neige en tourbillons. Il n'avait pas une fleur, il sortait du Nuage comme un œuf pondu de travers par un énorme derrière de poule grise pas très propre. Filly savait ce que c'était une poule, elle en avait vu quand miss Thomson les avait emmenées voir l'usine à poules. C'était une bête un peu idiote, avec des plumes, enfermée dans une petite cage, il y en avait des milliers et des milliers, chacune coincée dans sa cage, le derrière juste au-dessus d'un entonnoir. Et elle pondait un œuf qui avait la forme d'un œuf et qui tombait dans l'entonnoir. Et quand il en sortait, au-dessous, il était carré. C'était pour que ce soit plus facile à emballer, avait dit miss Thomson.

Le gros œuf couché sorti des nuages se posa avec douceur sur le cercle d'atterrissage, une porte s'ouvrit dans sa coquille, et Rory se montra en haut de l'escalier qui se déroulait. Il n'y avait pas d'erreur, c'était bien lui à travers la neige avec ses cheveux rouges ébouriffés. Il faisait signe à Judith et à Filly de se dépêcher. Judith donna la cage à Filly et les poussa toutes les deux sur l'escalier. Rory vit la cage et dit : « Ah celui-là ! Il nous aurait manqué ! » Mais il l'aimait bien. Il saisit la cage et Filly et les souleva, Judith suivit, l'escalier se replia et l'œuf repartit en brassant le nuage qui l'avala.

Et toutes les sirènes de la ville se mirent à hurler, et tous les haut-parleurs à crier.

« Et voilà pourquoi, mes petites poules, disait miss Thomson, notre chère belle terre toute ronde est en train de pourrir comme une pêche oubliée dans un coin. Vous ne savez pas ce que c'est une vraie pêche, vous croyez que ça naît dans des boîtes qu'on ouvre avec un zip, il y a du jus autour et quand on la mange ça ressemble à du coton trempé dans du sirop. Eh bien ce n'est pas ça du tout, ça pousse sur des arbres presque aussi grands que moi, dans les gratte-ciel du ministre agricole, des rangées et des rangées d'arbres, peut-être deux mille arbres dans chaque rangée, sur cinq cents étages, les pieds dans l'eau et les branches accrochées par des épingles à linge. Et les arbres fleurissent et chaque fleur devient une pêche, oui mes petites poules dorées, c'est comme ça, et les pêches mûrissent, on leur donne pour ça l'air conditionné, la lumière qu'il faut et la musique top. La musique classique c'est pas bon pour les pêches, ça fait venir le vert, c'est bon pour les poireaux. Et quand les pêches sont mûres, clic on les coupe, et elles roulent sur un tapis, et elles passent dans l'ébouillanteuse, dans l'éplucheuse, l'ouvreuse-en-deux, la dénoyauteuse,

161

l'emboîteuse, la gicleuse et la soudeuse, et quand elles sortent au rez-de-chaussée elles sont prêtes pour le supermarket.

« Tout ça c'est pour vous dire qu'une pêche en dehors de la boîte ça ne se conserve pas comme dans la boîte. Si tu l'oublies dans un coin de la cuisine, il lui vient sur sa joue une petite tache, tu regardes en passant, tu lui dis " oh ma belle, toi il va falloir que je te mange ! Demain... " Et le lendemain la petite tache a tout envahi, toute la pêche a pourri en rond.

« Voilà, c'est ce qui est en train d'arriver à notre terre, notre tendre belle pêche mûrie au soleil de Dieu. Elle pourrit parce que toutes les usines et tous les égouts envoient leurs saletés dans les rivières et dans la mer, et parce que tous les moteurs ont mangé l'oxygène, et qu'il n'en pousse plus assez pour le remplacer. Qui peut me dire qui c'est qui fabrique l'oxygène ?

— C'est les usines !

— C'est les oiseaux !

— C'est les forêts !

— C'est ma maman !

— Oui mes poules, non mes poules, les usines oui, les forêts oui aussi, mais pas les oiseaux pas les mamans, et ce qui en fabriquait le plus, mes petites prunes, c'était le plancton, ces minuscules créatures du Seigneur qui vivaient à la surface de toutes les mers et des grands océans, et qui étaient si petites que dans une goutte d'eau il y a des foules, des forêts, des troupeaux d'éléphants, toute une nation, et si tous les êtres humains de l'humanité étaient des planctons, ils tiendraient tout entiers dans la bassine jaune de Mrs. Flower, la femme de ménage, cette pauvre négresse à qui vous donnez tant de mal avec vos chaussures sales. Eh bien voilà que ce saint plancton créé par le bon Dieu pour nourrir les petits poissons et faire respirer les hommes, les hommes l'ont empoisonné avec toutes les saletés qu'ils ont rejetées dans l'eau. Il a commencé par mourir le long des rivages, et puis il a reculé reculé, mais les saloperies l'ont suivi, et l'ont cerné et l'ont assassiné et la dernière goutte de plancton a bel et bien été ratatinée, avec ses forêts et ses troupeaux d'éléphants, et elle est tombée comme une goutte de plomb au fond des eaux de la mer, là où il fait si noir et où c'est si profond qu'on y sent déjà la chaleur de l'enfer, qui est juste au-dessous.

« Mais bientôt, mes petits agneaux, un jour, bientôt, c'est promis, vous pourrez respirer dehors sans masque et vous verrez le soleil ! Et quand il neigera la neige sera blanche ! Oui ! Blanche ! Vous pouvez imaginer ça ? Blanche comme le blanc de vos yeux ! »

La sirène d'incendie plantée au-dessus de l'école se mit à hurler, et les haut-parleurs des postes de T.V., dans toutes les classes, crièrent les mêmes phrases :

« Sortez de vos maisons ! Quittez la ville ! Par tous les moyens ! Ne perdez pas de temps ! Fuyez vers l'est ou le sud ! Courez ! Courez ! Dépêchez-vous ! Ne perdez pas une seconde ! Danger ! Danger ! Partez tout de suite ! Partez ! Courez ! Le plus loin possible ! Danger ! Danger de mort ! »

« Mais enfin qu'est-ce qui se passe ? demanda Judith.

— T'expliquerai... Pas le temps maintenant !... »

Rory était aux commandes, les mâchoires crispées, presque tétanisées. Il avait coupé les liaisons automatiques avec la terre, et mobilisait toute son intelligence et tous ses réflexes pour tirer de l'appareil le maximum de vitesse. Pas de destination. Seulement une direction : le sud-est. Et un impératif : l'altitude. L'appareil grimpait à 45°, ce qui réduisait son déplacement à l'horizontale à 800 kilomètres à l'heure. Les moteurs électriques n'avaient pas la même efficacité que les anciens moteurs H.Y.M., mais, au moins, ils fonctionnaient...

Le gros hélico était l'appareil de fonction qui servait pour les rares déplacements lointains du secrétaire général. Les soutes contenaient les générateurs qui produisaient l'électricité nécessaire aux moteurs. La partie habitable de l'œuf était divisée en quatre : le poste de pilotage, la cabine presque entièrement transparente, avec ses larges fauteuils dodus, le bureau, et les compartiments-lits.

Filly, le feu de ses courts cheveux rouges bouclés dansant sur sa tête, courait dans la cabine et sautait sur les fauteuils en criant de joie.

« Bon Dieu ! Fais-la asseoir et mets-lui la ceinture ! cria Rory. Et toi aussi ! Vite ! Et serre les ceintures à fond ! »

Il regardait droit devant lui comme s'il cherchait à deviner un obstacle, mais il savait qu'il n'y avait rien à voir, que la purée grise du Nuage qui plaquait une humidité sale et fuyante sur la coque transparente du poste. Ce gros engin n'était pas plus difficile à piloter qu'une bicyclette. Mais Dieu qu'il était lent ! Qu'il était mou ! Quel veau ! Quand même plus rapide que « Coco », et plus costaud. J'ai bien fait de le prendre. Il tiendra mieux le coup si je ne suis pas assez loin... Si...

« Ah !... »

Ils crièrent tous les trois ensemble. Une lumière fantastique avait enveloppé l'appareil. Chaque mini-goutte du Nuage était devenue un brasier. Un incendie blanc puis rouge fer, puis rouge sang, devant, derrière, au-dessus, partout. La lumière de l'enfer. L'appareil enfoncé dedans.

Elle s'éteignit aussitôt. Elle avait été si vive que le gris revenu leur parut noir. Filly se frottait les yeux.

« Blottissez-vous au fond des fauteuils ! cria Rory. Cramponnez-vous ! On va être secoué !...

— Mais qu'est-ce que c'est ? Tu vas me le dire, enfin ?...

— Une S.B.M. !

— Quoi ?

— Une Bombe ! Une super... A têtes multiples...

— Une Bombe ? dit Judith stupéfaite. Je croyais qu'il n'y en avait plus !... »

Il y eut un nouveau brutal paroxysme de lumière, puis trois autres en rafales, et encore deux, espacés. Et un dernier, tardif, qui dépassa l'intensité des autres dont il semblait avoir rassemblé en lui toute l'énergie.

« Enfoncez vos doigts dans vos oreilles ! cria Rory. Et ouvrez la bouche ! Toute grande ! Cramponnez-vous !

— Quelle Bombe ? cria Judith. D'où elle vient ?

— Du convoi ! Au-dessus de nos têtes... Le dernier...

— Elle s'est décrochée ?

— Non... Elle a été lancée, volontairement !...

— Quoi ?... Qui a fait ça ?

— Un salaud ! Un fou... Bouche tes oreilles, bon Dieu ! »

Rory regardait se succéder les chiffres lumineux des secondes sur l'écran du chrono de bord. Chaque instant passé augmentait les chances de survie. L'onde de choc était longue à les rattraper, il avait peut-être réussi à fuir assez loin, ils étaient peut-être sauvés... Au moment où il commençait à se détendre, Shama poussa un cri sauvage, « Krouaaa ! », et une gifle formidable frappa l'appareil à l'arrière et par-dessous, plia les pales vers le haut comme un parapluie retroussé par le vent. L'appareil fut projeté comme une balle par une raquette, exactement dans la direction qu'il suivait déjà, vers le sud-est et vers le haut. Les autres chocs l'atteignirent dans le même axe, augmentant sa vitesse déjà acquise. Ce fut celle-ci qui le sauva. Les accélérations successives collaient les trois passagers contre leurs sièges. La dernière fut la plus violente, mais l'appareil l'encaissa sans dommages. Un grondement formidable avait suivi le premier impact et il n'en finissait plus, s'atténuait puis redoublait, s'amplifiait dans toutes les directions. C'était le bruit de mille chariots de fer sur des pavés de granit. Des chariots grands comme des montagnes.

Le bruit et la vitesse de l'hélico s'amortirent peu à peu. Les pales élastiques, incassables, du rotor, reprirent leur place dans un « dzing » qui secoua toute la carcasse de l'appareil. Filly, éberluée, ses deux index dans ses oreilles, la bouche grande ouverte et les yeux encore plus grands, cherchait quelque chose à dire et ne trouvait rien, elle n'avait pas eu peur, c'était bien trop étonnant. Shama, réfugié sous un fauteuil, fit savoir doucement qu'il était toujours vivant. « Crrroua... » Rory essayait de reprendre la maîtrise des commandes, mais aucune ne répondait. L'appareil n'était plus qu'un projectile. Ses pales tournaient à l'envers.

Et tout à coup il perça le sommet du Nuage...

Filly arracha ses doigts de ses oreilles et cria :

« Oooh !...

— Le soleil... » dit Judith.

« Hommes, dit l'homme, je vais vous détruire. Tous... »

Il était assis sur le siège de commande de la navette, face à la caméra qui transmettait à la terre les images du poste de pilotage. Il était calme... Il était beau comme un dieu maudit. Un bref collier de barbe grise encadrait son visage maigre. Un grand front lisse, dominant des yeux bleu clair, se prolongeait aux dépens de ses cheveux couleur de fer, courts et en désordre. Il portait une combinaison d'ouvrier, bleu pâle, pas très propre, usagée, avec beaucoup de poches, dont certaines gonflées.

« J'aurais voulu vous parler en direct, mais je sais bien qu'à Houston on va court-circuiter mon message, on va le communiquer d'abord à toutes les autorités, qui n'oseront pas vous dire la vérité, qui vont s'affoler, m'appeler, me parler, essayer de me convaincre, de trouver une solution... »

Il prit un temps, soupira, continua :

« Il n'y a pas de solution... Ou plutôt il n'y en a qu'une : celle que j'ai commencé d'appliquer, à regret, mais avec une détermination définitive et absolue. Et si je vous adresse ce message, c'est parce qu'on sera bien obligé de vous le faire entendre sans tarder. Vous savez déjà qu'un désastre s'est abattu sur San Francisco. L'explosion d'une Bombe S.B.M. a mis en mouvement les plaques tectoniques de la faille de San José. Un tremblement de terre et un raz de marée ont multiplié par cent les effets de la Bombe et les ont prolongés tout le long de la côte, jusqu'au Mexique et au Canada. Et les vents commencent à diffuser les radiations mortelles sur tout l'ouest des Etats-Unis. Il y a déjà des millions de morts. Ce sont les premiers. Cette Bombe, c'est moi qui l'ai lancée. »

L'appareil filait vers l'est au maximum de sa vitesse, au-dessus du Nuage vers lequel il tombait peu à peu, l'air, à cette altitude, le portant mal. Tout fonctionnait de nouveau normalement. Rory avait enclenché le stabilisateur automatique. Il ne pouvait rien de plus.

Il se tourna brusquement vers Judith assise à côté de lui et s'écria :

« Tu le connais, ce cinglé ! Il était venu nous voir à Washington, tu te rappelles ? Et il était parti brusquement sans dire au revoir, parce que tu lui avais parlé des étoiles !

— Olof ? C'est Olof ?

— Oui ! Il était ingénieur pilote au programme de déminage, il en est devenu le directeur depuis trois ans. C'est lui qui fixe la composition des convois, qui décide de prendre telle Bombe plutôt que telle autre. Il y en avait pas mal qu'on n'avait pas pu désamorcer. On les connaissait. On avait la liste de leurs orbites... Il a gardé les plus puissantes, les plus mauvaises, pour le dernier convoi, pour maintenant ! Il nous a expliqué tout ça ce matin, pendant un quart d'heure, en direct avec la commission, qui tenait séance. Pour convaincre

Houston de le brancher sur nous, il leur a montré, dans le vide, les débris des deux autres navettes qui travaillaient avec lui et qu'il venait de faire sauter. Il est armé, le salaud! Et rien ne le retient! Il est réfractaire à Helen. Il nous a dit qu'il lancerait toutes ses Bombes, et que la première serait pour San Francisco, justement à cause de la commission, qu'il a qualifiée de dérisoire et misérable, et pourtant dangereuse. Et puis il a coupé... A la commission c'était la folie! Tout le monde était debout et criait.

— Il est fou!
— Il va le faire!
— Il ne le fera pas!
— Il faut donner l'alerte!
— Évacuer la ville!
— S'il le fait, c'est trop tard!...
— S'il ne le fait pas, inutile de créer la panique!...

« Le président de la séance essayait de ramener le calme, il criait dans son micro, on ne le comprenait pas : c'était le délégué esquimau! Les traducteurs débordés ne traduisaient plus. Personne ne comprenait plus son voisin. Moi j'ai pensé à vous, rien qu'à vous, je ne pouvais *rien* pour les autres. Je me suis dit que s'il n'y avait qu'une " chance " contre un million qu'il lance la Bombe, je ne vous laisserais pas courir le risque. J'ai bondi au parking, et voilà... Juste à temps! Juste à temps... *O God! God! Thank you!...* »

Il se mit à trembler et se cacha le visage dans les mains.

Judith ne parvenait pas à croire ce qu'il avait dit, ce qu'elle avait vu. C'était monstrueux, inimaginable, cela ne pouvait pas être vrai! Et pourtant c'était arrivé... Elle prit les mains de Rory dans lesquelles il

171

cachait son visage, et les embrassa. Elle lui dit doucement :

« Merci, Rory, merci... »

Filly était à l'autre extrémité de l'appareil, dans les compartiment-lits. Par la grande baie arrière elle regardait l'horizon fantastique, là-bas, au loin, à l'ouest. Des bourgeonnements de feu s'élevaient lentement au-dessus du Nuage, en champignons, en coupoles, en anneaux, se chevauchaient, se pénétraient, montaient toujours plus haut tandis que d'autres surgissaient en montagnes ardentes. C'était un bouillonnement muet, gigantesque, de toutes les couleurs du feu, roulées dans les gris de la cendre. Au-dessus, le ciel était d'un bleu absolu.

Son nez et ses deux mains ouvertes collés à la cloison transparente, ses yeux dévorant son visage jusqu'à ses cheveux incendiés, Filly emplissait son âme de la fantastique beauté du cataclysme.

Le haut front nu d'Olof, sa courte barbe et ses yeux bleus emplissaient les écrans du monde. Il parlait calmement, sans exaltation, avec une résolution triste et implacable.

« Ce que je viens de commencer, je l'ai préparé pendant des années. Je sais quels seront les effets directs et indirects des Bombes. Ceux qui les avaient fabriquées espéraient que s'ils les employaient pour leur guerre ils seraient vainqueurs et vivants. C'était grotesque. Il ne pouvait pas y avoir de vainqueurs, seulement des victimes... Ceux d'entre vous qui ne seront pas tués sur le coup mourront par l'effet des radiations. Ceux qui ne seront pas tués par les radiations mourront de faim car ils ne trouveront plus un animal, plus un végétal pour les nourrir. Quand j'aurai terminé ma tâche, je me tuerai à mon tour. Il ne doit pas y avoir de survivant...

— C'est incroyable ! murmura Rory. Il n'a pas l'air d'un fou !...

— Il n'est pas fou, dit Judith à voix basse. Je suis sûre qu'il n'est pas fou...

— Mais enfin ! Pour faire ce qu'il fait...

— Chut! Ecoute! Ecoute ce qu'il dit... »

Ils étaient blottis, serrés l'un contre l'autre, sur le divan de cuir du salon de leur appartement-abri, à Washington. C'était là que Rory s'était finalement décidé à conduire les siens. Il pensait qu'Olof n'attaquerait pas deux fois de suite les Etats-Unis. Il frapperait d'abord, sans doute, les autres nations. Cela leur laissait un certain délai. Dans le triplex blindé, hermétique, avec sa centrale et ses provisions, ils pouvaient survivre pendant des mois. Mais il n'était pas question de s'y attarder. Quelques jours, au plus, le temps de penser à un asile permanent, et de s'y rendre...

Un asile? Un abri?

Où?

Où?...

NULLE PART!

Il n'y a pas d'abri possible! La mort prendra son temps mais elle frappera tout le monde... Il n'y aura pas de rescapés!

Judith!... Filly, mon trésor, mon miracle!...

Le désespoir éclata dans la tête de Rory. Il se leva en hurlant :

« Salaud! Fumier de dingue! Ordure!...

— Chuut! dit Judith. Tais-toi, écoute-le. »

Elle tremblait imperceptiblement, par petits coups. Il lui semblait que le milieu de son corps était devenu un bloc de glace qui lui envoyait des vagues de froid dans les épaules, dans les bras, dans les reins. Sa mâchoire aussi se mit à trembler. Elle serra les dents.

Elle était arrivée à la même conclusion que Rory. *Il n'y a pas d'abri.* Et elle pensait à Rory et à Filly. Filly, son trésor, son miracle...

174

Filly dormait, dans la paix et le grand silence de l'appartement douillet. Si confortable. Moquette, tapis, meubles anciens, lumière douce, plafonds capitonnés de soie.

« Je dispose de 713 Bombes, disait Olof. Je les utiliserai toutes. C'est beaucoup plus qu'il n'est nécessaire, mais j'ai voulu être certain que la Terre serait bien saturée, partout... Elles sont de provenance chinoise, russe, européenne, africaine, américaine, et diverses... Sauf pour quelques-unes, je ne connais pas leurs objectifs. Mais *elles* les connaissent. Il suffit de les mettre en route. Elles trouveront leur chemin. Elles font comme les pigeons : un petit tour pour s'orienter, puis droit vers leur but... »

Charmants pigeons...

Il devint pathétique :

« Je vous en supplie, ne fuyez pas les villes, rassemblez-vous au contraire aux endroits où les Bombes tomberont à coup sûr. C'est la meilleure mort. Immédiate. Sans souffrances. Les radiations, c'est terrible. J'aurais voulu vous épargner ça, mais ce n'est pas possible... »

Il s'arrêta un instant, il semblait chercher ses mots, hésiter. Comment convaincre ? Il dit, avec une sincérité évidente :

« Je ne vous hais pas... »

· « Ça c'est la meilleure ! » dit Rory.

« ... Mais vous venez de faire la démonstration que l'espèce humaine était inguérissable. Un homme de génie a trouvé le moyen de mettre fin à toute les formes de violence, mais la façon dont vous avez, depuis, utilisé toute votre énergie et ce que vous nommez votre intelligence a prouvé qu'elles étaient aussi dangereuses dans la paix que dans la guerre, dans la fraternité que dans la haine. Par leur efficacité néfaste, l'oxygène, dont le symbole, O, est rond comme la Terre qu'il animait, est devenu un gaz rare ! Et la Terre suffoque ! Les excréments monstrueux de vos villes et de vos usines ont tué le plancton. Les petits poissons qui s'en nourrissaient sont morts à leur tour, et les poissons plus gros qui mangeaient les petits sont en train de mourir ! Et la Terre vivante à son tour va mourir... " Excusez-moi : j'ai dit *vous avez,* je dois dire *nous avons :* je ne me place pas à part, hors de la culpabilité générale. Je suis un homme, comme vous, votre frère, coupable, comme vous... "

« La preuve est faite... L'espèce humaine est malfaisante, destructrice, et rien ne peut la corriger. Plus elle accroît ses connaissances et ses techniques, plus elle se montre incapable de les maîtriser. Il semble qu'une imbécillité collective perverse se développe en elle, dans la même mesure où s'y révèlent les intelligences individuelles. Celles-ci lui donnent des moyens de création, et celle-là les transforme aussitôt en moyens d'anéantissement. Cette stupidité funeste a failli conduire l'espèce humaine à l'autodestruction par le moyen des Bombes. La molécule L l'a sauvée. Mais elle se précipite de nouveau vers sa perte, par les voies pacifiques. Les masques et les minigénérateurs d'oxygène ne la soustrairont pas longtemps à l'asphyxie générale. Elle périra : elle va périr, victime de son extravagante idiotie...

« Alors, pensez-vous, pourquoi ce massacre que je viens d'entreprendre ? De quoi je me mêle ? Je n'ai qu'à laisser la race détestable dont je fais partie achever sa propre destruction... Oui, oui ! Vous avez raison ! Ce serait logique, si un élément nouveau, terrible, ne venait de surgir !... »

Sur les écrans, le visage d'Olof se marquait de rouge aux pommettes, la sueur perlait sur son front, formait des gouttes rondes, parfaitement sphériques, qui se détachaient au moindre mouvement de sa tête et flottaient en apesanteur devant elle, formant des miniconstellations brillantes qui tournaient et voguaient dans les remous de l'air.

Il tira un mouchoir d'une poche de sa combinaison, épongea son front, souffla sur les gouttes vagabondes qui s'éparpillèrent, hocha la tête, affirma :

« Ce que je fais est très pénible... »

Il sécha avec le mouchoir les paumes moites de ses mains et le posa sur rien, en l'air, à sa portée.

« C'est horrible... Pour vous aussi, bien sûr... Mais croyez-moi, je souffre de toutes vos souffrances... Si j'ai entrepris cette action effroyable, c'est parce que les hommes, vous, moi, nous tous, notre race maudite, sommes sur le point d'aller porter notre épouvantable malfaisance hors de la Terre, dans les étoiles !... »

Il se frappa la poitrine de son poing fermé, et des gouttes jaillirent de son front et dansèrent autour de sa tête agitée. A chaque coup de poing on entendait « boum ! boum ! » comme s'il avait frappé sur une caisse à la peau mal tendue.

« Et je suis coupable ! Plus que la plupart d'entre vous ! Je me suis passionné pour le voyage spatial. C'était au temps de la guerre. Je croyais que lorsque celle-ci prendrait fin, les hommes auraient tant souffert qu'ils seraient devenus raisonnables, sages, prudents, avisés... Et j'avais presque trouvé la technique du voyage instantané, qui abolit totalement les distances.

Je me disais : Les étoiles, c'est chez nous, c'est notre monde, c'est l'infini offert par Dieu à l'espèce humaine. Quel envol! Quelle gloire! Quel avenir!... Quand j'ai vu que les hommes en paix étaient aussi stupides, aussi malfaisants que les hommes en guerre, avec peut-être encore plus d'efficacité, tout à coup j'ai eu peur. Lâcher l'espèce humaine dans l'univers c'était injecter le pus de la peste dans les veines d'un corps vivant. J'ai aussitôt arrêté mes recherches, détruit les résultats de mes travaux. Mais d'autres les ont continués! Les instruments sont au point! Le voyage instantané vers les lieux les plus lointains de la galaxie et même au-delà est pour demain!... Et même si l'humanité asphyxiée devait recommencer toute son histoire à l'âge des cavernes, avec une poignée de rescapés, pendant que la terre recommencerait à verdir et à fabriquer le bienfaisant oxygène, même dans ce cas, un million ou un milliard d'années plus tard, l'homme redécouvrirait le moyen de quitter sa demeure natale et de s'envoler vers les étoiles pour aller leur porter son poison. Cela ne doit pas se produire! JAMAIS! Et le seul moyen de l'empêcher est d'éliminer l'espèce humaine. Totalement. Radicalement. Sans aucune possibilité de renaissance...

« NOUS DEVONS TUER L'HOMME POUR SAUVER L'UNIVERS!

« Vous m'avez compris, j'en suis sûr!... Je vous demande de m'aider, au lieu de vous affoler... Rassemblez-vous dans les grandes villes avec vos familles... C'est là que tomberont les plus grosses Bombes, les plus efficaces. Vous n'aurez le temps de rien voir, de rien sentir... Et vous aurez fait votre devoir envers la Création... »

Il cueillit le mouchoir en l'air, se tamponna le front et reprit d'une voix un peu enrouée :

« Il est 9 h 55, Greenwich. Je dois vous quitter... Il faut que j'aille lancer une Bombe... Je ne sais pas où celle-là tombera... Quand je connaîtrai leur destination, je vous le dirai... Ce n'est pas facile, ce que je fais... Je suis tout seul .. Mais j'en viendrai à bout... »

« Je veux lui parler ! cria Judith. Il faut que je lui parle ! »

Elle se leva brusquement. Elle était en larmes, elle pressait ses mains l'une contre l'autre.

« Filly ! Notre Filly ! Il ne va pas la tuer, Rory ? Dis, il ne va pas la tuer ?... »

Rory se leva et la prit dans ses bras. Elle se serra contre lui en sanglotant.

« Rory, dis, Rory, on ne va pas le laisser faire ! Il faut lui montrer Filly ! On ne peut pas la lui montrer ? Il ne reçoit pas les images ? Dis, Rory ?...

— Il y a des centaines de millions d'enfants qui vont mourir, s'il lance toutes ses bombes. Il le sait. Et il s'en fout ! Tu l'as entendu ?

— Mais ce n'est pas Filly ! Notre Filly, Rory ! Il nous connaît, c'est notre fille, il faut la lui montrer, dis Rory, on ne peut pas ? Il ne voudra pas tuer notre fille !... Il faut que je lui parle ! Je suis sûre !... Ce n'est pas possible, dis Rory ? »

Le désespoir et l'espoir insensé de sa femme brisèrent la logique de Rory. Dans une situation folle, pourquoi ne pas essayer des moyens fous ?

« A Houston, dit-il, ils sont en liaison images avec lui, dans les deux sens... Je vais appeler le Centre. »

Il alla vers le téléphone, effleura le bouton d'appel, donna à haute voix le numéro du Centre, auquel il ajouta son numéro de priorité. Au bout de quelques secondes, l'écran se mit à palpiter en rouge.

« Occupé... soupira Rory. On doit les appeler du monde entier. A moins que leurs lignes ne soient coupées...

— Il faut y aller! dit Judith. Il faut aller à Houston, vite! Tout de suite! »

Elle ne pleurait plus, elle était droite, raide, décidée.

« D'accord! dit Rory, va réveiller Filly... »

L'appartement-abri fut secoué par un coup gigantesque, toutes les lumières s'éteignirent, et dans l'obscurité retentirent les chocs et les bris des meubles bousculés et des objets projetés. Judith et Rory tombèrent sur le divan. Des bouteilles cassées du bar giclèrent les odeurs mélangées des alcools.

Filly criait :

« Maman! Maman! Où tu es?

— Ma chérie! je suis là! J'arrive! Ne bouge pas!... »

La lumière revint, plus faible. Le générateur de secours s'était automatiquement mis en marche. Judith jeta le vase qu'elle avait reçu sur les genoux et courut vers la chambre de Filly, en slalom à travers les meubles renversés.

« Salaud! gronda Rory. J'espère qu'on va trouver le moyen de te détruire avant que tu aies fait plus de mal! »

Mais il était sceptique. Il n'existait plus, nulle part au monde, de fusées pouvant atteindre un tel objectif.

Il n'existait plus d'armes d'aucune sorte, même d'armes de chasse. Sauf peut-être dans des musées. Il faudrait les remettre en état de servir, les embarquer dans des navettes... Et qui les utiliserait? Il faudrait trouver des réfractaires à L.M., ayant gardé leur agressivité... Comment les repérer dans le grand désordre qui allait régner?

Il regarda son appartement saccagé. Ce n'était pas un coup direct sur Washington : l'abri aurait été volatilisé. Sans doute la Bombe était-elle programmée sur un objectif militaire, qu'il ignorait. Au moins à cinquante kilomètres. Peut-être plus. Il se frappa les tempes avec les deux poings. Comment, comment se débarrasser de ce fou?

Malheur ! Malheur ! Le pape n'est plus dans Rome !
La prophétie de saint Malachie s'accomplit ! C'est la
fin des temps !...

A la terreur causée par les Bombes et les paroles
tombées du ciel s'ajoutait un effroi mystique qui
étreignait même les non-catholiques et les non-
croyants fuyant sur les routes. Le pape avait quitté
Rome. Contre sa volonté, un commando de jeunes
cardinaux, ceux qu'on nommait sa « garde rouge »,
l'avait arraché au Vatican pour le mettre à l'abri.
Kidnappé. Pour le sauver. La radio du Vatican l'avait
annoncé aux fidèles sans dire où il était. C'était un
pape français. Il avait pris le nom d'Innocent XV.
Aucune « devise » ne s'appliquait à lui dans la prophétie, car le nombre réel des papes avait dépassé le
nombre prévu. Mais saint Malachie disait que le
dernier pape avant le Jugement quitterait Rome. Et
que son nom serait Pierre. Or le nom civil d'Innocent XV était Emmanuel Persil. Persil vient du latin
petroselinum dans lequel il y a *petro*, *petra*, qui signifie
pierre... Personne ne savait plus ce qu'était le persil,
n'en avait jamais vu, jamais touché, jamais mangé...

Petroselinum, une plante qui pousse sur les pierres... Bien avant les temps maudits, le persil ne poussait plus sur les cailloux, mais dans les plates-bandes des jardins et dans des pots sur les fenêtres et balcons. Persil, concentré de vitamines, on l'avait fait friser, on en mettait dans les salades et sur la tête cuite des veaux, on le faisait frire avec les poissons, c'était au temps heureux où les hommes se croyaient malheureux. Persil... Pierre... Et il avait quitté Rome...

Juste à temps.

La quatrième Bombe percuta exactement le sommet de la croix qui dominait le dôme de Saint-Pierre.

Rome, la superbe, l'ancienne, la joyeuse grand-mère de toutes les villes du monde, Rome avec ses palais, ses mille églises, ses colonnes, ses arcs de triomphe et ses fontaines, et tous ses souvenirs enfouis sur lesquels elle riait et dansait, Rome disparut. En un dix millième de seconde.

A deux cent cinquante kilomètres de là, le Vésuve, furieux d'être réveillé, fit sauter son bouchon, et jeta vers le ciel un nuage de cendres que le Nuage absorba comme celui qui montait de Rome. Un fleuve de lave rouge grilla Naples et coula dans la baie. La Sicile s'enfonça de dix mètres en Méditerranée et ressortit de trente. L'Etna se mit à fondre de tous les côtés.

La Bombe suivante tomba sur Pékin, et de la Ville Carrée fit un trou rond.

Il restait trois Bombes dans le container de tête. Trois Bombes japonaises marquées du signe de l'ancêtre soleil. Surpuissantes. Miniaturisées. Elles avaient la dimension d'une baguette de pain parisien. Longues, minces. Capables d'écorner un continent. Une était blanche, une verte, une jaune.

Olof les sortit « à la main » du container et les stabilisa dans l'espace libre. Revêtu de son scaphandre spacial doré bardé de microfusées directionnelles, il évoluait dans le vide avec l'aisance d'un poisson dans une mer calme. Il s'était parfaitement habitué à l'absence de verticalité. Pour un astronaute débutant, ce qui est le plus déroutant, lui fait tourner les méninges et le rend malade, est le fait qu'en apesanteur n'existe plus ni haut ni bas, ni dessus ni dessous. Les choses et les objets célestes sont seulement « autour » de lui, sans que pour autant il soit à leur centre, car le moindre de ses mouvements change à ses yeux leur position. Il se trouve au sein de directions fluides. Il faut qu'il s'y habitue. Olof, qui avait travaillé dans l'espace depuis des années, évoluait autour du convoi comme une mouche, s'y posait, repartait, regagnait la navette avec une aisance totale. Il transporta les trois Bombes à une bonne distance du convoi. Chacune comportait, outre son système de mise à feu par radio, un système manuel avec retard réglable. Il les actionna tous les trois, retourna à la navette, quitta son scaphandre dans le sas, et vint se poster derrière un hublot pour voir partir les trois « baguettes ».

Devant lui se trouvaient deux gros cylindres peints en blanc : les premiers « wagons » du convoi. Plus loin, sur sa gauche, les fusées qu'il venait d'en extraire brillaient dans la lumière éclatante du soleil. A l'arrière-plan, défilant à toute allure, la surface extérieure du Nuage bouchait toute la vue. Dans la position qu'avait prise Olof, le Nuage lui donnait l'impression d'être « devant » lui alors que, bien sûr, en se référant à la gravitation, il était au-dessous. Puis venait le convoi. Et, au-dessus du convoi, la navette, détachée. Pour l'instant à une distance de cent mètres. Et ce n'était pas la Terre et son Nuage qui défilaient si vite, mais le convoi et la navette qui tournaient autour d'eux. Le Nuage était un peu moins gris à l'extérieur qu'à l'intérieur, la lumière exaltante du soleil le parait même par endroits d'une sorte de blancheur blême. La terre avait l'air d'être enveloppée dans une serpillière boursouflée, décolorée par les lessives.

Le convoi et la navette entrèrent brusquement dans l'ombre de la terre : la nuit. Les trois fusées disparurent aux yeux d'Olof mais il vit, quelques minutes plus tard, une courte flamme bleue s'allumer, décrire un cercle, la moitié d'un second, puis s'allonger brusquement en un blanc éclatant et s'enfoncer dans

186

le noir à la vitesse de l'éclair. Le Nuage s'illumina quand elle pénétra dans son étoupe.

Olof assista au départ des deux autres fusées. Pour être sûr... Puis il soupira, se propulsa du bout des doigts vers la couchette, qui lui paraissait pour l'instant verticale, s'allongea contre elle et boucla autour de sa poitrine, de son ventre et de ses cuisses, les ceintures qui l'empêcheraient d'aller flotter au milieu de l'habitacle à la suite de quelque mouvement involontaire. Il avait besoin de dormir. Il était nerveusement épuisé. Il avait entrepris une tâche énorme. Bouleversante. Il devait l'accomplir. Mais pendant les moments où il n'avait rien à faire il ne pouvait s'empêcher de penser à ce qui se passait *sous* le Nuage, et cela le ravageait. Il prit dans un alvéole de la cloison une sucette somnifère et l'introduisit entre sa langue et son palais. Elle avait le goût de la banane. Il avait coupé le contact avec Houston. Ils devaient chercher là-bas, en vain, le moyen de le détruire. Ils n'avaient pas d'armes. Tout ce qu'ils pouvaient faire était de lui envoyer des navettes pour l'éperonner. Mais ils ne trouveraient personne parmi les pilotes de ces engins qui fût capable d'une action aussi agressive. Et si, sous le coup du désespoir un ou plusieurs parvenaient à surmonter leur phobie de la violence, ils auraient à le vaincre : lui, il était armé.

Il éteignit la lumière, enclencha le signal d'alerte qui, couplé au radar, lui signalerait toute approche, estima qu'il avait avalé assez de drogue pour dormir deux heures et écarta les lèvres. La sucette, fixée à un caoutchouc lent, sortit de sa bouche et regagna son trou.

Sous le Nuage. Neige. Pluie. Vapeurs équatoriales. Atmosphère de frigo ou de machine à laver, baignant partout la terreur et le désespoir. Sous le ciel gris, parfois presque noir quand arrive une tornade, l'humanité tout entière s'enfuit. Elle fuit les villes et ne sait où aller, car il n'y a plus de campagnes. Fruits, légumes, céréales, viandes, poussent en usines, dans les villes. Tous les moyens de vivre sont dans les villes. Et sur les villes, venue du ciel, tombe la mort.

Vingt et une Bombes, déjà. Quatre en Europe, trois en Russie, cinq en Chine, sept en Amérique du Nord, deux en Amérique du Sud. Après Rome, Marseille a disparu. Dans son échancrure, la Méditerranée monte maintenant jusqu'à Tarascon. Lyon a laissé un trou dans lequel le Rhône et la Saône tombent en cataractes. L'eau s'échappe par une crevasse qui rejoint le magma. Une explosion de vapeur a fait sauter le mont Pilat. Les volcans d'Auvergne grognent. Le puy de Dôme a fondu par sa base et coule sur Clermont-Ferrand.

Un vent gris et rouge pousse vers l'Irlande du Nord

les poussières radioactives qui sont tout ce qui reste de Londres.

La Bombe destinée à New York était spécialement programmée : elle s'est immergée dans l'Atlantique, a remonté l'Hudson puis les égouts et a sauté sous Manhattan. Les gratte-ciel ont jailli droit vers le Nuage, l'ont traversé et se sont épanouis en un bouquet de débris de béton et de ferraille qui sont retombés avec des trombes d'eau sur les New-Yorkais en fuite. La statue de la Liberté a plongé en morceaux dans l'océan. Son bras a ricoché jusqu'à Boston.

Le monde entier est pareil à une fourmilière qui reçoit des coups de pied. Les fourmis affolées quittent leur abri, mais n'ont d'autre endroit où aller que leur abri...

Les foules américaines, asiatiques, européennes, australiennes, les habitants des grandes villes et des moindres cités sont partis en courant, en roulant, en volant, en marchant, en criant, en tremblant, en pleurant, sans savoir où aller. Les T.V.-bracelets les informent de ce qui se passe. Il y a toujours une station émettrice qui fonctionne, et qui occupe automatiquement les écrans de poignet. Ce ne sont plus musiques ni chansons mais les nouvelles, rien que les nouvelles. La vingt-deuxième Bombe est tombée sur Moscou, la vingt-troisième au cœur du complexe pétrolier de la République judéo-arabe unie. Le pétrole, c'est fini depuis les moteurs H. Ça ne sert plus qu'à fabriquer des produits chimiques. Une pompe sur cent reste en fonctionnement. Mais la Bombe ne le savait pas, elle avait été fabriquée et programmée au commencement de la guerre, peut-être même avant. Précieux ou pas, le pétrole flambe... La vingt-quatrième est tombée sur

Sydney, la vingt-cinquième sur Canton. Et personne ne sait où tombera la prochaine... De l'autre côté du monde, ou sur ma tête?

La pluie sale, la neige grise, s'écrasent sur les foules en marche et les imbibent. Les foules fondent, laissent des morceaux d'elles partout le long des routes. Les voitures ont été abandonnées les unes après les autres, accidents, pannes, obstacles, bouchons. On les a quittées et on marche. On porte des paquets, on traîne des valises. On pousse des voitures d'enfants, véhicules-providences de tous les exodes, surchargées de conserves, vêtements, casseroles, pendules, baluchons. Et aussi, quelquefois, bébés sous leur cloche étanche. On marche seul, ou par couples ou par familles, on est fatigué, on n'a pas l'habitude de marcher, on ne sortait plus guère des maisons. On s'arrête, on s'assied n'importe où, dans la boue, on est déjà trempé et sale, on a trop chaud et on grelotte, on décapsule une conserve ou une boîte d'eau, mais pour manger ou boire on doit soulever le masque, on ne peut s'empêcher de respirer l'air puant, on respire mal, on suffoque, on se hâte d'avaler et de rabattre le masque, avant de repartir. Repartir pour aller où?

On s'allonge, à bout de courage, à bout de force. Le masque glisse, on halète, on le remet en place, on est épuisé, on tombe dans le sommeil, le masque glisse de nouveau...

Paris s'est vidé par toutes les routes et les autoroutes qui partent de la capitale comme les pétales d'une marguerite. Mais Paris n'en finit pas. On marche, on marche, il pleut, des kilomètres, des dizaines de kilomètres, et c'est toujours la ville, il pleut. De chaque côté de la route se dressent sous la pluie les prolongements de la ville ininterrompue, maisons, usines, tours, fabriques, hypermagasins, ateliers, stations-service H, entrepôts, usines, tours, maisons... Des murs, des murs, des vitrines, des portes, des murs, un mur, un seul mur sans fin... Où est l'espace libre ? Où aller ? Où est la liberté ?

Un étroit passage entre deux immeubles, un portail béant, une rue perpendiculaire, on se risque, on va voir, et c'est toujours pareil, des murs, des entrepôts, des usines, abandonnés, vides, noyés de pluie, et si on continue, obstiné, accroché à ses pieds, on finit par déboucher dans des terrains vagues, des collines de déchets, de ferraille, rouillées, croulantes, et si on continue encore on parvient enfin à l'espace non occupé, étendue grise, terre boueuse, mares verdâtres, par-ci, par-là un squelette d'arbre qui fait des signes immobiles dans la brume de pluie avec ses bras noirs. Il n'y a pas d'horizon. Il y a le Nuage qui fond. On n'a pas le courage d'aller plus loin. On s'allonge dans la boue...

Les tilleuls géants de la place des Vosges, plantés à la fin des années 70, sont morts depuis trois ans. On leur a collé des feuilles de plastique. Elles ont l'avantage de ne pas tomber à l'automne. Et la nuit elles sont luminescentes, éclairant la place d'une pâle lueur verte. Les soirs de fête, elles deviennent rouges, ou dorées, ou changeantes, chaque tilleul mort éclatant comme une fusée de feu d'artifice. Elles ont perdu très vite leur éclat, l'air sale et la neige et la pluie grise les ont couvertes d'un dépôt gris qui les éteint à moitié. Il n'y a plus personne pour les regarder. Les maisons Henri IV sont désertes. L'hôtel Saint-Valentin est encore occupé, ses habitants ne sont pas partis, mais ils ne sortent plus du tout. Ce sont de très vieux vieillards, pensionnaires d'une maison de retraite du cinquième âge, à laquelle Judith a fait don de l'hôtel à la mort de ses parents. Ils ont tous plus de cent ans. Ils sont quatorze, ratatinés mais gaillards, bien soignés bien nourris. La belle vie dans une maison de luxe depuis qu'ils ont la chance d'être vieux. Ils ont décidé de rester là. Les routes leur font peur. La Sécurité vieillesse a voulu les emmener dans des ambulances électriques climatisées. Ils ont refusé. Ils ne veulent pas quitter leur petit paradis. S'ils doivent mourir, au moins que ce soit confortablement. Le personnel est resté avec eux. Ils ont ouvert les réserves des jours de gala. Caviar et champagne. Ils font jouer la musique de leur jeunesse, rock et pop, ils dansottent en trébuchant. Ils font la bombe en attendant la Bombe.

Le plafond blindé du garage souterrain commença à s'ouvrir en grinçant, puis s'arrêta. Malgré son épaisseur il avait été légèrement faussé par l'onde de choc. Une telle éventualité était prévue. Il se referma, et recommença à glisser dans une direction perpendiculaire. A mi-parcours il couina et ralentit, les lampes rouges s'allumèrent, les trois moteurs d'alerte surpuissants se mirent en marche en rugissant et dans une gerbe d'étincelles la plaque d'acier de trente centimètres d'épaisseur s'escamota en entier.

Rory soulagé soupira, poussa le bouton *up*, l'hélicoptère sortit de terre à la verticale, continua de s'élever et pénétra dans le Nuage.

Direction Houston... Rory appela la tour de guidage de Washington Airport IV, et ne reçut en réponse que des crachements.

« Zut! C'est l'aéroport qui a pris la châtaigne!... Je m'en doutais... Eh bien on va y aller à la boussole! Comme au temps de la marine à voiles! »

Il plaisantait pour détendre Judith, mais celle-ci, à la place du copilote, Filly endormie sur ses genoux, serrée contre elle dans ses deux bras, gardait son visage tragique. Le regard fixe, elle pensait à ce qu'elle dirait à Olof. Elle lui dirait... Elle ne savait pas... Mais elle trouverait... Elle était sûre qu'ils allaient arriver à Houston, elle était sûre qu'elle pourrait parler à Olof, elle était sûre qu'elle saurait ce qu'il fallait lui dire... Elle ne pensait pas aux autres enfants du monde, à l'extermination, elle ne pensait qu'à Filly, elle la protégeait de ses deux bras, bien serrée contre elle, on ne la lui prendrait pas, elle allait la sauver.

A la boussole... Direction sud-ouest... Environ 2 000 kilomètres... Ensuite descendre au-dessous du Nuage et essayer de trouver Houston... Si Houston existait encore...

Mais aux deux tiers du chemin il put prendre contact avec la tour de guidage. Houston était intact. Rory l'avait espéré, car le Centre était le seul lien qu'Olof gardait avec la terre, et il ne le détruirait sans doute pas, ce fou sanglant avait besoin d'être tenu au courant des résultats de son action, il voudrait savoir, il voudrait voir, pour se réjouir, et il ferait encore des discours, certainement, il fallait que ses victimes l'écoutent, et l'admirent! et l'aiment! Il était le justicier! Le sauveur de la Création! A genoux pour l'adorer!... Non, il ne détruirait pas sa seule possibilité de contact avec ses victimes... Il pouvait, bien sûr, sans le savoir, expédier une bombe programmée sur Houston. Mais peut-être n'y en avait-il pas... Au temps de la guerre, le Centre spatial était en sommeil, et sans grand intérêt militaire...

Rory n'avait pas été le seul à faire ce raisonnement. Il atterrit à Houston au milieu d'une cohue aérienne. Beaucoup de gens arrivaient, ceux qui espéraient trouver ici un lieu de survie momentanée, et ceux

194

qu'amenait leur devoir ou leur fonction. Tels les Présidents, dont quatorze étaient déjà réunis en conseil d'urgence. On en attendait d'autres. Des équipes de T.V., fébriles, énervées, pressées, atterrissaient ou s'envolaient, apportant des reportages du massacre, ou allant en filmer.

Le Pape, lui aussi, était là. Avec dix-neuf cardinaux en robe rouge.

A l'aéroport et dans la ville, tout fonctionnait avec efficacité, comme avant, malgré l'afflux de population. La chaleur humide était atroce. Le Nuage se dissolvait en vapeurs tourbillonnantes qui donnaient à celui qui s'y trouvait momentanément plongé l'impression de traverser un autocuiseur. Nul ne s'y attardait, et tous les véhicules étaient parfaitement climatisés.

Dans les marécages tropicaux autour du Centre, les crocodiles agonisaient. Ils avaient résisté plus longtemps que les autres espèces à la raréfaction de l'oxygène, mais ils ne trouvaient plus rien à manger. Ils se desséchaient, ils s'aplatissaient, ils n'avaient plus d'épaisseur. Les uns après les autres ils coulaient et s'incrustaient dans la vase. Déjà fossiles.

La commission internationale permanente possédait une antenne à Houston, un petit immeuble de bureaux avec des appartements pour les membres de la commission en déplacement. Au bord d'une grande avenue, entre un parking et ce qui avait été un bosquet. Des langues de lichens jaunâtres pendaient aux squellettes des arbres. Les appartements étaient vacants, tous les membres de la commission ayant péri à San Francisco...

Le délégué permanent, ses deux assistants, et leurs trois dactylos, étaient présents, tous occupés au téléphone à recevoir des condoléances. C'était le seul travail qui leur restait à faire. Ils furent bouleversés par l'arrivée du secrétaire général et de sa famille. Ils les croyaient morts, comme les autres. Rory installa Judith et Filly dans l'appartement du second étage, qui donnait sur l'arrière de l'immeuble, il y avait moins de bruit. Il demanda au premier assistant adjoint de leur procurer un repas. Puis il se mit à téléphoner.

Le container de tête était vide. Olof lui appliqua des pétards de séparation, et le cylindre blanc se détacha du convoi et s'éloigna en tournant et basculant lentement sur sa nouvelle orbite, comme un éléphant ivre.

Olof pénétra dans le second container, libéra de leurs supports deux grosses fusées dont il connaissait la destination, et à l'aide de son petit moteur auxiliaire, les fit sortir et les stabilisa à l'écart du convoi. Restait à déclencher leur mise à feu. Elles n'avaient pas de système manuel. Elles ne partiraient que sur un signal radio. Olof avait tout ce qu'il fallait à l'intérieur de la navette, un poste émetteur à longueur d'onde variable et un répertoire des signaux « secrets » de mise à feu pour toutes les fusées du convoi. Au cours des années précédentes il avait eu plein accès, pour faciliter son travail, aux archives des états-majors de toutes les armées. Il n'y avait plus d'armées, il n'y avait plus d'états-majors, il ne restait que des paperasses et des mémoires d'ordinateurs. Il les avait patiemment explorés, et c'est d'après les « tops » qu'il avait pu trouver qu'il avait sélectionné les fusées du dernier convoi.

De retour dans la navette, il prit d'abord une douche. Les heures passées dans son scaphandre le mettaient en sueur. L'appareil à douche était aussi une sorte de scaphandre, rigide, fixé à une paroi, et qui s'ouvrait en deux. Il y prenait place, refermait sur lui la seconde moitié, se pinçait le nez et déclenchait la douche en appuyant son coude sur un gros bouton noir. L'eau jaillissait de partout, sous pression, était aussitôt aspirée, filtrée, aseptisée et reprojetée sur toutes les parties du corps. Une seconde pression du coude mettait fin au cycle. L'eau était aspirée jusqu'à la dernière goutte et un courant d'air chaud séchait le douché...

Olof resta nu en sortant de la douche. La température était agréable. Il aimait bien sa navette, qu'il avait peu à peu aménagée confortablement. C'était un énorme véhicule, très différent de celles des années 80. Conçue pour de gros travaux et de longs séjours en orbite, elle disposait, grâce à un générateur à fusion, de la puissance considérable nécessaire pour ébranler la masse totale des convois. A l'avant, une pièce d'habitation avait été aménagée avec tout le confort possible en apesanteur, parois capitonnées, couchette douillette ressemblant à un vrai lit, écran-plafond pour projection de livres et de spectacles sur microfilms, musique à relief total enregistrée sur sphérules et lues au laser.

Olof, au moment d'envoyer le top pour lancer la première fusée, se rappela ce que son subconscient s'efforçait de lui faire oublier : il « leur » avait promis que lorsqu'il connaîtrait l'objectif des bombes, il le leur communiquerait. Il devait appeler Houston avant d'expédier les engins.

Depuis plus d'une semaine il n'avait eu aucun

contact avec la Terre, et l'horreur de ce qu'il était en train de faire l'avait moins ravagé. Il avait cessé d'imaginer les scènes qui se passaient sous le Nuage. En quelques jours, les êtres humains s'étaient éloignés de lui, étaient devenus minuscules. Il avait trouvé une sorte de calme. On ne se tracasse pas pour les bactéries d'une eau qu'on stérilise au chlore...

Il soupira, éteignit son émetteur et alluma la caméra T.V. Il se rappela alors qu'il était nu. Il coupa l'émission-images. Ils n'avaient pas besoin de le voir. Et lui ne voulait pas les regarder : il mit le son de retour mais ne brancha pas l'écran. Il appela :

« Allô Houston P.G.4!... Ici navette 212... N. 212 appelle H. P.G.4... Me recevez-vous? Répondez!... N. 212 appelle H. P.G.4... »

Il y eut un concert de crachements avec une voix perdue au fond, comme cachée derrière un brouillard sonore dû sans doute aux poussières radioactives. Il régla la réception, parvint à estomper les bruits, à amplifier la voix qui répéta :

« Ici H. P.G.4. Nous vous recevons, N. 212. Nous vous recevons, 4 sur 5. Nombreux parasites. Nous filtrons. Parlez N. 212... Nous vous recevons 4 sur 5...

— Ici N. 212... Ici N. 212... Je vais vous passer un message... Enregistrez-le...

— Nous sommes prêts... Mais nous ne recevons pas l'image... Le son est maintenant 5 sur 5... Nous ne recevons pas l'image. Vérifiez votre caméra...

— Je ne l'ai pas branchée. Je n'ai pas branché non plus mon récepteur-images. Etes-vous prêts?

— Nous sommes prêts. Ça tourne! Parlez!

— Enregistrez ceci et faites-le savoir : la prochaine Bombe tombera sur la capitale de la République noire sud-africaine : Cape Town. Et la suivante sur la capitale de la République soviétique du Brésil : Rio Lénino. Elles vont partir dans quelques instants. Terminé. Faites-moi entendre l'enregistrement. »

Il écouta. C'était bon. Il allait couper quand une voix implorante se fit entendre. Elle parlait anglais avec un terrible accent catalan.

« Monsieur Olof ! Monsieur Olof ! Je vous en supplie écoutez-moi ! Je suis Salvador Bisbal, président du Conseil des Présidents réuni à Houston, je suis délégué pour vous parler, mais les autres viendront vous parler aussi si vous le voulez, nous vous supplions, à genoux, avec notre sang et nos larmes, d'arrêter le massacre ! Ne jetez pas ces deux Bombes, monsieur Olof, n'en jetez plus d'autres ! Votre action n'est plus nécessaire ! Tout ce qui l'avait justifiée a été déjà détruit ou va disparaître. La moitié de l'humanité est morte ou mourante sur les routes. La moitié au moins, monsieur Olof, vous m'entendez ! Je vous le jure ! Nous pouvons vous le montrer si vous voulez, les cadavres tout le long des routes dans le monde entier, asphyxiés, morts de fatigue, morts de peur, enlisés dans la boue... Et ceux qui ont résisté ne seront plus assez nombreux pour faire tourner les usines. On peut considérer que les usines sont déjà mortes ! C'est la fin de la pollution ! Monsieur Olof vous avez bouleversé l'humanité, détruit notre civilisation, et nous reconnaissons que vous aviez raison, elle était malfaisante, nous avons compris ! Nous ne recommencerons jamais ! Nous allons fabriquer de l'oxygène, planter des forêts, rendre la vie aux océans. Et nous détruirons tous les projets de voyages dans l'espace ! Monsieur Olof, pitié ! Ayez pitié des survivants ! Epargnez-les !... Ils sont changés ! »

200

Il se mit à sangloter. Olof tremblait. Il avala sa salive. Il dit d'une voix basse ·

« Je vous crois... Mais ça recommencera... Dans cent ans, ou mille ans, ou dix mille... Une autre malfaisance... Peut-être pire !... Je regrette... Je regrette... Je dois continuer...

— Olof ! cria une voix, ici le Pape ! »

Olof fut secoué comme par une décharge électrique.

« Olof, tu es polonais, tu dois être catholique ? Réponds-moi !

— Oui, souffla Olof.

— Es-tu croyant ?

— Oui, dit Olof.

— Regarde-moi !... Ne peux-tu avoir le courage de me regarder, et de me montrer ton visage ? Montre-toi ! Et regarde-moi !

— Oui », dit Olof.

Il effleura deux boutons.

Et le petit homme nerveux qui était le Pape Innocent XV vit surgir devant lui, dans l'épaisseur du grand écran du studio du Centre, le buste géant en trois dimensions d'Olof, nu comme à sa naissance.

Et Olof vit dans le petit écran du tableau de bord, à peine quatre fois comme sa main, le petit homme vêtu de blanc assis dans un grand fauteuil, muet, la tête un peu levée, le regard fixé sur lui, son visage exprimant l'angoisse et la pitié.

Il dit doucement :

« Mon fils, comme tu as souffert !... Comme tu souffres encore !... »

Olof fit « oui » de la tête, il ne cessait pas de hocher la tête, il n'arrivait pas au bout de sa souffrance, il n'arriverait jamais au bout.

Le Pape ferma les yeux. Ces traits ravagés, ce buste aux côtes apparentes, aux muscles tendus comme des câbles, lui rappelaient *le Dévot Christ* de Perpignan, pendu à sa croix...

Il s'était fait projeter vingt fois le premier message d'Olof. Il avait trouvé des arguments, de quoi discuter, convaincre, mais rien ne tenait devant cette passion. La pitié, peut-être ?

« Tu souffres, mais as-tu pensé aux souffrances abominables que tu as infligées à des millions d'innocents ? Aux enfants ? Aux mères ? A n'importe qui ? Même aux pires coupables ? Aucun d'entre eux n'a mérité cela ! Aucun !

— Aucun, non... Je sais... Aucun... Mais tous, oui ! Je regrette cette horreur..., mais je n'avais pas d'autre moyen... Je souffre de toutes leurs souffrances... Je souffre comme chacun et comme tous !... J'ai hâte d'en avoir fini, pour pouvoir mourir...

— Insensé ! cria le Pape en se dressant, crois-tu en finir en mourant ? N'as-tu jamais entendu parler de l'enfer ? »

Dans le grand écran, le visage géant d'Olof blêmit.

« Non seulement tu es un assassin, mais tu as commis un péché d'orgueil tel qu'il n'y en a jamais eu depuis le commencement du monde terrestre ! Tu DÉCIDES du sort de l'homme à la place de Dieu ! Satan, pour moins que cela, a été précipité hors de la Présence. Repens-toi, Olof, repens-toi ! Arrête ton action insensée et repens-toi ! Tu n'es pas le bras droit de Dieu ! Demande pardon à ton Créateur et à tes victimes ! Repens-toi ! Il est encore temps !... »

Olof avait caché son visage dans ses longues mains maigres qu'on voyait trembler. Un silence absolu régnait dans le studio. Quand il écarta ses mains on vit que ses yeux étaient pleins de larmes. Au lieu de couler sur ses joues, elles s'amassaient au coin de l'œil en perles brillantes, comme des œufs de poisson. C'était tragique et répugnant. Quand il bougea la tête elles s'éparpillèrent. Il les chassa d'un geste, comme des mouches. Sa voix était sourde, épuisée. Il disait :

« J'agis pour le bien... La Terre est un grain de poussière infime dans l'univers. Mais elle porte un poison qui va se répandre partout. Ce mal doit être détruit... Je vais continuer... Dieu me pardonnera peut-être tant de crimes, s'il voit mon intention. Sinon, tant pis pour moi... J'accepte l'enfer. Je suis sans importance. Je ne suis rien... Je demande pardon à ceux qui sont morts et à ceux qui vont mourir... »

Le Pape comprit qu'il avait perdu. Il se signa et murmura :

« Que Dieu nous pardonne à tous ! »

Une femme haletante, tirant par la main une fillette aux cheveux rouges, surgit de l'obscurité, se précipita en courant au milieu du studio, se campa sans respect devant le Pape, face au visage géant d'Olof et l'interpella :

« Olof ! Regarde-moi ! Tu me reconnais ? »

Un cameraman inspiré, frappé par le regard extraordinaire de celle qui venait de se dresser hors d'haleine au milieu des lumières, emplit son écran de contrôle de l'image de ces yeux et les envoya vers le ciel.

Olof hurla :

« JUDITH ! »

Et il disparut. Il avait coupé.

Il avait coupé son image, mais pas celle de Judith. Elle ne le voyait plus, mais lui la regardait, halluciné, et l'entendait...

« Olof, écoute-moi ! Je t'en supplie écoute-moi ! Dis quelque chose ! Dis que tu m'entends ! Olof !... »

Qu'elle est belle !... Tragique... Malheureuse... Pourquoi ?... Peur de mourir ? Ses cheveux sont longs, de nouveau... Moins qu'en ses quinze ans... Elle paraît encore si jeune... Quel âge, maintenant ?... Ce n'est pas possible !... Elle a l'air d'avoir vingt ans... Si jeune... Toujours pareille... Différente... Une femme... Une enfant... Judith... Judith...

« Olof ! Olof ! Ecoute-moi, Olof ! »

Judith, je t'écoute... je t'entends... je te regarde... Judith !

« Olof je t'en supplie ! Ce n'est pas possible, tu ne vas pas tuer Filly ! C'est ma fille ! Regarde-la !... Tu ne vas pas tuer ma fille ! Dis un mot ! Dis que tu m'entends ! Dis que tu la vois !... »

Il vit Judith pousser devant elle une fillette ahurie, bousculée, qui tout à coup regarda vers la caméra, et il vit ses yeux bien en face, des yeux d'or immenses. Les yeux de Judith... Et des cheveux rouges! Les cheveux du rouquin...

Il coupa l'image...

Il était environné de gouttes de sueur. Il saisit une serviette attachée à la paroi et se la passa sur le visage et sur le torse. Il entendait toujours Judith qui le suppliait. Il coupa le son.

Il répétait à voix basse : « Judith !... Judith !... »

Il envoya le top de départ de la première fusée, la regarda partir, et dès qu'elle eut disparu fit partir la seconde. Il rétablit le contact son avec Houston.

« Allô Houston, vous m'entendez ?

— Nous vous entendons ! Nous vous recevons 5 sur 5.

— Olof ! cria Judith.

— Les deux fusées annoncées viennent de partir, dit la voix d'Olof. Terminé... »

Et ce fut le silence, ce silence en forme de bruit infime, grésillant, infini, qui est la voix de l'espace.

Judith s'était écroulée sur le sol du studio et sanglotait. Et Filly debout, effrayée, lui tenait la tête dans ses deux bras et lui disait :

« Maman, ne pleure pas ! Maman !... Ne pleure pas, Maman !... »

Et parce qu'elle continuait de pleurer, Filly se mit à pleurer aussi.

Rory sortit de l'obscurité derrière les caméras, releva doucement Judith, l'embrassa, sécha ses larmes, et emmena sa femme et sa fille.

Olof était en train de remettre son scaphandre. Il allait tout de suite envoyer d'autres fusées, accélérer tout le travail. Il continuait sa litanie : « Judith... Judith... Judith... » Il sortit de la navette et se propulsa vers le second container du convoi, devenu wagon de tête. Il le rata, passa à côté. Il s'arrêta dans le vide, cessa de répéter le nom de Judith, prit une longue aspiration qui fit siffler les tuyaux de son casque, souffla, s'obligea à compter calmement jusqu'à vingt, et repartit vers son objectif. Il ne pouvait se permettre aucune erreur. Il devait aller jusqu'au bout. Vite. Puis mourir Mourir.

« Qui est cette femme ? demanda le Pape.

— Je ne sais pas ! gémit le président Bisbal. Je ne sais plus rien ! Nous sommes au cœur de la folie !...

— Ne vous laissez pas aller, Président ! Reprenez-vous ! Nous la retrouverons ! J'ai envoyé les cardinaux à sa recherche.

— Pour quoi faire ? » soupira le Président.

Ils étaient assis, seuls, dans une petite pièce du Centre, de part et d'autre d'un étroit bureau plat métallique incrusté de commandes à enregistrer, à copier, à effacer, à corriger, à imprimer, tout un équipement électronique ultra-efficace qui remplaçait le crayon et la gomme.

Dans l'agitation qui avait suivi le dialogue avec Olof, le Pape avait envoyé ses meilleurs cardinaux sur la piste de Judith, puis avait saisi par le bras le Président des Présidents, avait cherché un bureau désert pour s'y enfermer avec lui, examiner la situation, il n'y avait pas une minute à perdre. Deux cardinaux montaient la garde aux portes pour empêcher qui que ce fût de les déranger.

« Ce que nous pouvons faire de cette femme ? Je ne

sais pas, dit le Pape. Mais je suis sûr qu'il y a quelque chose à faire. Elle doit pouvoir le toucher... Elle lui tient à cœur, c'est indiscutable. Vous avez vu comme il a été bouleversé ! »

Un cardinal frappa, entra. Il se nommait Stevenson. Il n'avait pas trente ans. Deux mètres moins deux centimètres de haut. Pilier droit de l'équipe de rugby de la République irlandaise. Il avait retrouvé Judith. Il l'avait ramenée, avec son mari et sa fille.

« Faites-la entrer seule, dit le Pape. Nous voulons la voir seule. Faites patienter sa famille. Et puis trouvez-moi le chef du Centre... Pas l'administratif... Le technicien, l'ingénieur, je ne sais qui, celui qui sait comment ça fonctionne ici, comment TOUT fonctionne ! Et amenez-le en vitesse ! Vite ! Allez ! »

Le cardinal Stevenson sortit en un éclair rouge. Judith entra.

« Asseyez-vous, mon enfant, calmez-vous... C'est terrible... C'est terrible pour tous... Il y a beaucoup de mères comme vous... »

Elle s'assit sur la chaise qu'il lui montrait, elle tremblait. Elle dit, d'une petite voix :

« C'est ma fille...

— Oui... oui... Votre fille... Vous pouvez peut-être la sauver... Et sauver toutes les autres... Vous êtes le seul espoir... Dites-moi... Dites-nous... Comment le connaissez-vous ce malheureux ? Depuis quand ?... Qu'est-ce qu'il est pour vous ?

— Rien..., dit Judith étonnée. Il n'est rien...

— Président, dit le Pape, vous ne voudriez pas aller voir si mes cardinaux le trouvent, ce chef du Centre ? Ça traîne, ça traîne...

— Mais... » dit le Président.

Puis il comprit et sortit. Le Pape approcha sa chaise de celle de Judith.

« Nous voilà seuls, mon enfant. Maintenant vous pouvez tout me dire, comme si j'étais le simple curé de votre paroisse...

— Je ne suis pas catholique...

— Ça ne fait rien, vous êtes mon enfant, nous sommes tous les enfants de Dieu, et Il est en train de nous punir tous, pour nos péchés. Mais les tout-petits n'ont rien fait, ils sont innocents, nous devons les sauver, ceux que nous pourrons, il y en a déjà tellement qui ont péri, vous pouvez peut-être les sauver, il faut que je sache tout, dites-moi tout, la vérité, la simple vérité de votre cœur...

— Il n'y a rien à dire..., dit Judith d'une voix lasse. J'ai connu Olof le soir de mes quinze ans... »

Et elle raconta la soirée de l'hôtel Saint-Valentin, le départ dans la nuit de Paris, l'arrivée dans la prière des chants et des lumières, la montée dans la tour, le bain d'étoiles. Elle raconta tout. Elle revivait la scène, dans tous ses détails.

Le Pape, le petit homme mince aux yeux brillants d'intelligence, la regardait et l'écoutait en hochant imperceptiblement la tête, comme pour l'approuver : « Oui, oui, c'est ça, c'est bien ça... » Il comprenait ce qu'elle n'avait pas encore compris jusqu'à ce jour, ce qu'elle était peut-être en train de comprendre car elle se rendit compte à ses derniers mots : « Voilà c'est tout... », qu'elle avait pendant un moment oublié l'horreur du présent, pour l'éblouissement du souvenir.

Le Pape ne la laissa pas se reprendre. Une question, une autre, sans appuyer, mais sans renoncer. Et l'envie de revivre le passé la submergea. Elle refit le chemin d'avril avec Olof, rue Saint-Antoine, rue de Rivoli, le jardin du Louvre, le soleil et l'herbe qui sentait si bon...

« Du soleil !... Il y avait *du soleil*, mon père... Excusez-moi, je ne sais pas comment on doit vous appeler... »

Elle répéta :

« Je ne suis pas catholique...

— Ça ne fait rien, appelez-moi comme vous voulez... Continuez, continuez... Il y avait du soleil... »

Elle oubliait, de nouveau, le présent. Elle racontait, longuement, en paix, en joie, en angoisse.

« Je l'ai repoussé... Je ne savais pas pourquoi... J'avais envie qu'il m'embrassât encore... J'avais envie de... de tout, quoi !... Et en même temps j'avais une peur affreuse !... Il y avait quelque chose d'horrible derrière !...

— Derrière lui ?

— Je ne sais pas... Ce n'était pas lui... Mais c'était avec lui... Oh mon père, est-ce que c'était ce qui se passe maintenant ? Ce qu'il est en train de faire ? Est-ce que je pouvais déjà le sentir ? le deviner ?

— Qui sait ? » dit doucement le Pape.

Lui en savait assez. Il la raccompagna affectueusement à la porte, la rendit à Rory, les confia tous les trois au cardinal Belhomme, le gros joufflu.

« Occupez-vous d'eux, qu'ils se reposent, qu'ils se restaurent... Nous allons avoir besoin d'eux. Vous avez bien emporté quelques bouteilles de votre sublime petit bordeaux, dans toute cette aventure ? Bon... Donnez-leur une bouteille... Et faites-m'en apporter une... »

210

Il conféra pendant deux heures avec le Président et l'ingénieur en chef Clarck. Ils vidèrent la bouteille précieuse au goulot, en mangeant d'horribles sandwiches. Ils prirent leur décision, arrêtèrent toutes les dispositions, et firent commencer l'action. Sans rien dire à personne. Ce n'était pas la peine d'en parler. Il y avait une chance sur mille pour que ça réussît.

Puis le Pape Innocent XV renvoya les deux hommes, et quand il fut seul toute son énergie tomba. Il pensait à Judith, à sa grande peur prémonitoire aux pieds des trois Grâces. Elle avait eu bien raison d'avoir peur... Oui, quelque chose de terrible accompagnait Olof. Et cela la concernait...

Il s'agenouilla sur le sol de plastique et pria. Il disait : « Mon Dieu, j'ai peut-être agi sans réflexion, ce qui arrive c'est peut-être Vous qui l'avez voulu, cet homme est peut-être Votre envoyé, Votre ange exterminateur, et voilà que j'essaie de me mettre en travers de son glaive, d'arrêter Votre apocalypse, de retarder Votre Jugement !... Mais je ne peux pas croire que cette colère soit la Vôtre ! Vous savez bien, Vous, que les hommes ne sont pas coupables, ils sont seulement stupides, Vous ne pouvez pas les punir si cruellement de leur bêtise !... Ils ont mordu trop tôt aux fruits de la science, ils n'étaient pas en état de les digérer... Ils auraient dû attendre qu'un nouvel estomac leur soit poussé...

« Un quatrième cerveau, peut-être... Celui de la sagesse ?

« Oh ! mon Dieu, ils sont innocents, pardonnez-leur ! Pardonnez aux morts et aux vivants !... Prenez-moi dans Votre main et broyez-moi mais ayez pitié d'eux !... Ayez pitié d'elle, ayez pitié de lui, ayez pitié de tous... »

Il posa sur le sol sa petite croix pectorale intime, celle

qu'il portait sous ses vêtements, se coucha devant elle, les bras étendus, et répéta inlassablement sa prière, appelant le martyre, offrant de prendre sur lui, pendant l'éternité, toutes les souffrances des hommes, pour les leur épargner. Puis il se rendit compte qu'il était en train de commettre le péché d'orgueil. Que croyait-il être pour se proposer en échange de l'humanité?

Epuisé, il s'endormit, le nez écrasé dans la poussière mouillée de ses larmes.

Le cardinal rugbyman entra sans bruit dans la pièce, ramassa doucement et respectueusement le Pape, et l'emporta comme une plume, blotti sur sa poitrine rouge.

Le petit homme blanc se réveilla une heure plus tard. Il était couché sur le divan de la salle de contrôle, celui qu'utilisaient les techniciens pour prendre quelques instants de repos. Trois cardinaux veillaient sur lui. Il se leva vivement. Il avait recouvré toute sa vitalité. Il devait maintenant revoir Judith.

Le rythme de la chute des Bombes s'était accéléré. Entre le Nuage et le sol et les eaux, l'espace du monde n'était plus qu'une soupe remuée par les explosions. L'exode s'était arrêté au bout des forces des foules en fuite. Les morts jonchaient les routes. Les survivants exténués retournaient vers les villes. Ceux qui y parvenaient retrouvaient parfois leurs conditions de vie presque normales, des usines automatiques ayant continué de fonctionner seules. Mais plus souvent la ville n'était qu'un squelette sombre et moisissant. Et parfois il n'y avait plus de ville, mais le feu, et les cendres qui brûlaient plus que lui.

Le convoi et la navette bouclaient le tour de la terre en un peu plus d'une heure et demie. La moitié de ce temps au soleil, l'autre moitié dans l'ombre. Pendant les cinquante minutes de nuit, Olof ne pouvait pas travailler dans l'espace. Il s'arrimait à l'intérieur d'un container et parfois dormait sur place, dans son scaphandre. Il ne retournait à la navette que pour se doucher, se nourrir et évacuer, ou se reposer plus longtemps quand il sentait monter la fatigue. Il ne s'habillait plus en sortant du scaphandre et du sas, ou de la douche. Il vivait nu comme aux premiers âges, loin des regards, toutes liaisons coupées avec le monde terrestre. Il était devenu un habitant de l'espace dans lequel il évoluait avec l'aisance d'un poisson dans une mer calme et totalement transparente. Les tranches étroites de lumière et d'obscurité rythmaient son temps nouveau. Sa montre-poignet d'astronaute, réglée sur son orbite, comptait ces jours brefs, lui permettant de garder une certaine idée de l'écoulement du temps. Pour garder ses moyens physiques, il s'obligeait à faire, toutes les quinze nuits brèves, une demi-heure de culture physique, aux agrès fixes prévus à cet effet dans son engin. Il se rasait régulièrement un « matin » sur vingt, et taillait son collier, il se soignait même les ongles, il ne voulait pas devenir à ses propres yeux le clochard de l'espace.

Il avait déjà vidé neuf containers. Il en restait cinquante-deux. Ce serait long... La monotonie du mur gris du Nuage défilant devant lui commençait à lui peser. Il ne voulait pas regarder les étoiles. Il ne pouvait pas s'empêcher de les voir mais il avait détaché d'elles son attention et sa pensée, pour éviter d'être saisi par l'atroce regret de la prodigieuse aventure perdue. Elles n'étaient plus, il ne voulait plus qu'elles soient, autre chose qu'un décor.

Il n'avait plus écouté Houston depuis que Judith lui était apparue. Pas une seule fois. Il rayait de sa mémoire cet incident. Judith n'existait pas. Pas plus que les étoiles.

Un « soir », il rentra dans la navette pour se reposer. La courte nuit venait de commencer. Il lava l'intérieur de son scaphandre qui puait, et le remit

214

dans le sas. Il se doucha lui-même, et quand il sortit de la douche c'était déjà le « matin »...

Il entra dans sa chambre, s'attacha à la couchette et leva les bras pour appuyer sur le bouton qui commandait l'occultation du hublot afin de dormir dans l'obscurité. Pendant que celui-ci se fermait lentement, il vit, dans son cadre rectangulaire qui devenait de plus en plus étroit, défiler les étoiles, brillantes, superbes, impeccables. Et puis ce fut le noir...

Il sentit alors, tout à coup, l'immensité de sa solitude, et l'ampleur démesurée, cosmique, de ce qu'il avait entrepris. Bientôt, dans la vie grouillante de l'univers, parmi les astres qui naissent, s'éteignent, explosent, tournent, en s'enfonçant à des vitesses inimaginables dans toutes les directions de l'espace, parmi les milliards de planètes qui les accompagnent, emportant et nourrissant d'innombrables formes de vie, une espèce manquerait. Il n'y aurait plus l'homme...

Il sentit le picotement des larmes poindre au coin de ses yeux. Il les écrasa de ses pouces... L'homme agile, tendre, génial... L'homme stupide, destructeur, nuisible... L'homme grotesque et merveilleux...

L'homme... Il voulut entendre sa voix encore une fois, la dernière. Il se refuserait d'autres accès de faiblesse...

Appeler Houston ? Non : Ecouter sans se faire entendre. Et si Houston ne parlait plus ? Si une Bombe... ? Parmi toutes celles qu'il avait expédiées sans connaître leur objectif...

Ayant tout à coup hâte de savoir, il regagna son poste de commande, posa son doigt sur le bouton d'admission du son... Il n'obtiendrait peut-être que le silence !... Il appuya. Et il entendit :

... c'est que je suis encore en orbite...

Judith !

La voix de Judith !

Elle répétait :

... Si tu entends ceci c'est que je suis encore en orbite... Tu peux encore m'appeler... Tu peux encore m'appeler... Il est encore temps... Il est encore temps... Fin de l'enregistrement... Il va se répéter... Il va se répéter...

Il frappa du poing le tableau de bord, coupant le son. Furieux. Quel tour étaient-ils en train de lui jouer ? Judith en orbite ? Qu'est-ce que ça voulait dire ? Qu'est-ce qu'ils lui avaient fait ?...

Il remit le son.

... tends est un message enregistré... Olof, si tu es à l'écoute, ce que tu entends est un message enregistré ! Il sera répété. Je suis en train de l'enregistrer à Cap Kennedy, avant de prendre place dans la navette automatique NA 47. Ils m'ont dit que tu la connaissais. Ceci est un message enregistré. Si tu n'as pas entendu le début tu pourras l'entendre plus tard, le message sera répété sans cesse pendant que je serai en orbite. Puisque tu es en train de m'entendre, c'est que je suis arrivée sur l'orbite d'attente qu'ils ont calculée. La diffusion du message ne doit commencer qu'à ce moment-là, et continuera pendant les trois semaines que je dois rester ici si je ne t'ai pas rejoint avant.

Trois semaines, ils disent que je ne pourrai pas en supporter davantage. Alors ils me rappelleront. Mais j'espère que tu m'auras appelée avant. Olof IL FAUT que tu m'appelles ! IL FAUT que je te parle ! Ceci est un message enregistré qui sera répété. Je suis en orbite d'attente de l'autre côté de la Terre. Je tourne autour d'elle à la même vitesse que toi, de façon qu'elle t'empêche toujours de me voir. Ils ont fait cela pour éviter que ton radar ne capte la NA 47 et que tu la détruises sans savoir que je suis dedans. Peut-être la détruirais-tu quand même si tu le

216

savais. Mais je ne le crois pas. J'en cours le risque. Puisque tu m'entends, tu sais que tu peux maintenant faire venir la NA 47 jusqu'à ta navette. Ils m'ont dit que tu savais comment, que tu avais l'habitude, mais lorsque je viendrais, que nous ne serions plus séparés par la Terre et que ton radar verrait la NA 47, peut-être tu la détruirais, si tu croyais que c'est un piège.

Ce n'est pas un piège, Olof, je te le jure ! Je t'en supplie, appelle-moi ! Fais-moi venir près de toi ! IL FAUT que je te parle ! Ceci est un enregistrement... Ceci est un enregistrement... Si tu m'entends c'est que je suis encore en orbite... Si tu m'entends c'est que je suis encore en orbite... Fin de l'enregistrement... Fin de l'enregistrement...

Il coupa le son. Bien sûr, c'était un piège ! De toute évidence ! Qu'est-ce qu'ils avaient machiné ? Pourquoi entendait-il ce message sur la fréquence du Centre ?... Oui, forcément... Si la NA 47 était réellement de l'autre côté de la Terre, son émission ne pouvait pas lui parvenir. Mais Houston la recevait et la renvoyait par tous ses relais autour du globe.

Et l'image ? Envoyaient-ils aussi une image ? Il y avait une caméra émettrice à bord de la 47...

Il appuya. Et il vit...

Judith...

Elle dormait. Sanglée à la couchette. En scaphandre sauf le casque. Les traits tirés... Fatiguée... Fatiguée... Ses cheveux blonds avaient été coupés plus court, pour éviter qu'ils ne lui entrent dans la bouche ou dans les narines. Ils flottaient autour de sa tête en une sphère légère, lumineuse... Olof reconnut la coupe d'Antoine Deux, le coiffeur des astronautes à Cap Kennedy : pour les femmes cinq centimètres devant et quinze sur les côtés. Et la tondeuse pour les hommes, s'ils se laissaient faire...

Qu'elle était belle! Et faible! Si fatiguée!... Trois semaines dans la 47! Ce n'était pas possible! Ils étaient complètement fous!...

La NA 47 était un engin minuscule, automatique, commandé du sol ou de l'espace, qui servait uniquement à expédier vers un engin plus important un ou deux passagers ou une quantité minime de marchandises. Une sorte d'ascenseur. A peine plus grand...

Depuis combien de temps la tiennent-ils enfermée là-dedans? Misérables!

Il faillit appuyer sur le bouton du son pour leur crier des injures. Il se retint, respira, se désangla, alla s'enfermer dans la douche pendant deux minutes, revint calmé, enclencha l'émetteur, demanda:

« Depuis combien de temps est-elle dans la 47?

— Ah! Enfin! Olof! Vous avez entendu le message? »

C'était la voix du Président Bisbal.

Olof reprit d'une voix glacée:

« Je vous demande: depuis combien de temps est-elle enfermée dans la 47?

« Seize jours... Vous pouvez... »

Coupé.

Seize jours! Elle a résisté seize jours! Seize jours dans une cabine d'ascenseur!... Judith! Judith!... Pourquoi? Pour me dire quoi? Tu sais bien que tu ne pourras pas me convaincre! Que je dois aller jusqu'au bout!... Judith... Judith...

Bouton.

« Mettez-moi en relation avec elle.

— Oui, tout de suite...

— Naturellement vous écouterez et regarderez tout?

218

— Nous pourrions vous promettre le contraire, mais nous croiriez-vous ?

— Non. J'attends...

— Vous êtes branché. Parlez-lui... »

Le Président avait d'urgence envoyé réveiller le Pape. Depuis seize jours et seize nuits ils se relayaient toutes les quatre heures dans la salle de contrôle du Centre, entourés de techniciens, suivant sur les écrans la révolution des deux navettes qui tournaient autour de la Terre, l'une entrant dans l'ombre quand l'autre en sortait. Le Centre avait mobilisé ses meilleurs hommes et tous ses moyens autour de cette tentative. La NA 47, là-haut, était l'extrême pointe de l'espoir de l'humanité.

Le Pape prit place à côté du Président, en se frottant les yeux.

Deux grands écrans leur donnaient deux images, Olof en relief, Judith à plat. Il n'y avait pas d'émetteur trois dimensions à bord de la NA 47.

Judith dormait. Olof la regardait. Dans l'écran du Centre il faisait face à la salle de contrôle et semblait regarder le Président, le Pape, et chacun des techniciens. Mais c'était à Judith que son regard s'adressait. Et c'était un regard plein d'inquiétude. Plein d'amour. Olof savait que tout le Centre avait les yeux fixés sur lui, et que tout ce qu'il allait dire serait entendu. Cela lui était égal. Totalement.

« Il l'aime ! chuchota le Pape. Regardez-le ! Il l'aime !... »

Il jubilait.

« Chuut ! » dit le Président.

Olof appelait si doucement qu'on ne l'entendait pas. Il reprit un peu plus fort :

« Judith !... »

Elle ne bougea pas..

Un peu plus fort :

« Judith ! »

Elle gémit, tourna la tête, ouvrit les yeux.

« Judith !

— Olof ! Enfin ! Tu m'as entendue !... »

Elle voulut s'asseoir, oubliant qu'elle était sanglée et qu'elle ne pesait rien. Son buste bascula, ses cheveux s'envolèrent.

« Regardez ! Regardez ! dit le Pape, elle lui sourit ! Elle ne s'en rend pas compte, mais elle sourit ! Elle est heureuse de l'entendre ! Heureuse ! Premier réflexe ! Du plus profond d'elle-même ! Dès qu'elle va se remettre à penser... Vous voyez, c'est fini... Mais elle a souri ! Nous allons gagner !

— C'est pas encore joué... » dit le Président.

« Judith ! disait Olof, pourquoi as-tu fait ça ? Tu sais bien que je ne t'écouterai pas ! Je ne peux pas, je ne *veux* pas te faire venir ici ! Je dois faire ce que j'ai à faire ! Toi tu vas retourner tout de suite sur terre et te soigner ! Seize jours dans cette boîte ! Tu dois être dans un état épouvantable ! Tu ne dois pas rester là une heure de plus ! Tu entends ? »

Judith ramassa ses cheveux au sommet de sa tête et les maintint avec un élastique qu'elle décrocha de la cloison. Dans son visage dégagé, ses yeux d'or flambaient de colère.

« Oh, oh ! elle n'est pas tellement fatiguée ! » dit le Pape.

« Tu veux bien me tuer ! dit Judith. Comme tous les autres ! Mais tu ne supportes pas que je sois fatiguée ! Tu es idiot, ou quoi ? »

Olof disparut.

Coupé.

« Ah! Vous voyez que ce n'est pas joué! dit le Président. Elle n'aurait pas dû l'engueuler!

— Ne vous inquiétez pas! dit le Pape. C'est bon, ça! C'est très bon!...

— Olof! Olof! appelait Judith, inquiète. Olof tu m'entends? Olof parle-moi! Reviens!... »

Il revint. Muet. Il la regardait, sans rien dire. Elle parla, gravement.

« Ecoute! Je resterai ici tant que tu ne m'auras pas appelée près de toi. Je ne retournerai pas en bas au bout des trois semaines. Si tu ne m'appelles pas je mourrai ici, ça m'est égal. J'aime mieux ça que retourner près de Filly pour la voir mourir... Puisque tu as décidé de la tuer... Cesse de me regarder de cette façon! Je sais que je suis sale, que je suis fatiguée, que je suis laide!... Ça m'est égal!... Je veux te parler, c'est tout... Je ne peux pas te parler à travers l'espace! Il faut que je sois avec toi et que tu m'écoutes! Qu'est-ce que tu risques? Alors appelle-moi ou laisse-moi mourir.... Je n'en peux plus... »

Elle ferma les yeux, et sa tête se mit à se balancer doucement dans l'apesanteur, avec quelques cheveux fous qui brillaient autour de son visage abandonné à la fatigue.

« Vous qui m'écoutez, en bas, dit Olof, envoyez la 47 jusqu'à ce que je l'aie dans mon radar, puis arrêtez-la ou je la détruis...

— Compris... Exécution immédiate. »

Il coupa.

Judith avait entendu, mais n'avait pas bougé. Elle n'avait plus la force de réagir. La longue attente horrible avait pris fin. Elle serait suivie par quoi ? Elle ne savait plus ce qu'elle avait décidé de dire à Olof, ce qu'elle serait capable, encore, de lui dire... Le convaincre... Le convaincre de quoi ?... Elle ne savait plus, elle ne pensait plus...

Elle sentit une douce accélération la coller contre sa couchette. Elle retrouvait un peu de son poids, elle se sentait peser, légère... C'était agréable... Si légère... Les techniciens s'occupaient d'elle, elle n'avait qu'à laisser faire, elle était bien, elle somnolait, elle était comme un nourrisson malade, qui a fait dans ses couches, et qu'on berce...

« Saint Père, dit le Président, c'est le moment de prier !...

— Tout mon être prie sans arrêt, dit le Pape, mais Dieu a tellement l'habitude de m'entendre, qu'il ne doit plus beaucoup prêter attention à ma voix. Peut-être même l'importune-t-elle. Ce serait beaucoup plus efficace si *vous* vous mettiez à prier.

— Moi ? Je suis franc-maçon, dit le Président.

— Justement ! Justement...

— Laissons ces balivernes, dit le Président.

— Balivernes !... Mon pauvre ami... »

Le Pape hochait la tête et faisait une petite grimace à demi amusée, à demi empreinte de compassion.

« Ce que je veux vous dire, dit le Président irrité, c'est que ça ne serait pas le moment que le mari vienne nous casser les pieds... C'est un bonheur qu'il n'ait pas été là maintenant. Il doit dormir. Il était resté là toute la journée et une partie de la nuit... Qui s'occupe de la fillette ?

— Le cardinal Boho. C'est un Noir d'Afrique, adorable. Elle l'aime beaucoup. Elle lui a dit que quand elle retournera à San Francisco — la pauvre enfant... — elle l'emmènera et qu'il se mariera avec miss Thomson. C'était son institutrice... »

Profitant du répit laissé par la manœuvre de la NA 47, les deux hommes s'étaient isolés dans le petit bureau habituel, et y avaient trouvé, comme toujours, de quoi boire et manger. C'était en général de la bière, et des saucisses chaudes dans d'horribles petits pains mous. Mais aujourd'hui il y avait une bouteille de bordeaux, et, miracle, du jambon ! D'épaisses tranches de jambon, coupées au couteau. Du vrai parme !

Cochon élevé en usine, évidemment, mais quand même, les charcutiers italiens n'ont pas perdu la main, pensait le Pape en dégustant sa deuxième tranche. Lequel de mes trois cardinaux romains a eu la pensée merveilleuse d'emporter un jambon ?... Vous disiez ?

« Si une solution intervient, que ce soit la mienne ou la vôtre, il vaudrait mieux que le mari n'en soit pas le témoin... Mais dès qu'il va se réveiller il saura que la petite navette est en route, il va courir à la salle de contrôle et il ne la quittera plus ! Comment faire pour l'éloigner ! Nous pourrions le charger d'une mission ? Quelque part ?... Il refusera de partir, bien sûr...

— Ne vous inquiétez pas, Président ! Il dort, et il va dormir longtemps !... Mon cardinal-pharmacien-médecin s'est chargé de lui... Il ne le réveillera que lorsque nous le lui dirons...

— Vous, alors !... Un Borgia !...

— Oh ! Président !... »

A l'arrière de sa navette, Olof avait mis en batterie huit minimissiles à tête chercheuse empruntés à un satellite-antisatellite américain. Il en avait d'autres en réserve. Il pouvait en commander le départ, un par un, vers quatre directions de l'espace. Avant de leur donner le top, on leur envoyait la photo-radar de l'objectif. Leur microradar prenait le relais. Ils ne manquaient jamais leur cible.

Il restait convaincu qu'il s'agissait d'un piège. D'abord, rien ne lui prouvait que la 47 était en orbite. Les images qu'il avait reçues pouvaient venir de la navette restée au sol. Judith aurait joué la comédie? Non, il ne le pensait pas. Mais elle pouvait elle-même croire qu'elle était en orbite... Un lancement bidon, hublot fermé... Elle n'était pas obligée de savoir qu'on pouvait faire glisser le volet extérieur, devant l'habitacle...

Non, je suis idiot... Elle a raison, je suis idiot, elle était en apesanteur quand je l'ai vue, vraiment en apesanteur, ça ne trompe pas! En orbite!... Et elle vient! Judith! Judith! Judith!

S'il avait été sur terre, il se serait mis à danser de

joie! Il empoigna les anneaux fixes de la gym, matelassés de caoutchouc mousse, et se balança dans tous les sens, se rassembla, se détendit, se tortilla, se détortilla, en criant le nom de Judith.

Calme! Calme! Il devait rester calme!...

Ils ont peut-être collé une arme à l'extérieur de la 47... Qui partira dès que son radar me verra... Et Judith n'en sait rien, bien sûr...

Non. Ils n'ont pas d'armes. Pas une seule sur toute la terre. Impossible à fabriquer. Il faut *des* usines. Des techniciens. Des années.

Dans les musées? Elles sont incomplètes. Inutilisables. Aucune n'a plus de système détonateur ni de charge explosive... Des sucettes!... Et il faudrait aussi la volonté d'agression. Ils ne l'ont pas...

Les choses sont sans doute telles que je les ai vues, telles que Judith me les a dites... Judith!... Judith!...

Il ne parvenait pas à y croire. Il y avait sûrement un piège quelque part. Ce n'était pas possible autrement. A leur place, lui, il aurait sûrement trouvé un moyen...

Le radar émit son signal d'alerte. Olof se propulsa vers les commandes, et fit claquer autour de sa taille la ceinture automatique de maintien. Les doigts au-dessus des boutons de départ des antimissiles. Tout allait aller très vite maintenant. S'ils avaient triché il allait le savoir à l'instant.

A l'extrême bord de l'écran du radar, un cercle rouge entourait un point vert minuscule.

La 47...

Loin! Si loin!...

Il aurait le temps de voir arriver l'arme, s'il y en avait une, et de la détruire. S'ils étaient intelligents, ils ne tireraient qu'à la limite de la visibilité directe. Il coupla son télémètre avec le radar et mit les yeux aux oculaires. Il ne vit qu'un grain de poussière grise qui, à cause de la distance, dansait, et sortait parfois du champ.

Il appela le Centre.

« Houston vous m'entendez ?

— Nous vous entendons.

— J'ai la 47 au radar. Continuez à l'amener vers moi... Quand je vous dirai " Stop ! ", arrêtez-la ! Pile ! Ou je la détruis.

— Vous savez bien qu'on ne peut pas l'arrêter pile ! Il faut...

— Vous n'allez pas m'apprendre mon métier ! Vous savez ce que je veux dire. Exécutez la manœuvre. Correctement. Je le verrai. »

Dans le télémètre, le grain de poussière ne semblait pas grossir, mais sur l'écran du radar, imperceptiblement, il avançait.

Olof entra le premier dans la nuit. Puis il vit s'éteindre dans le télémètre le grain de poussière qui brillait. Quand il l'eut de nouveau dans la lumière c'était devenu un objet minuscule. Au troisième tour de la Terre, la NA 47 s'était suffisamment rapprochée pour qu'il pût se rendre compte, grâce au puissant grossissement du télé, qu'apparemment aucune arme n'était accrochée à l'extérieur.

Il n'avait pas confiance... Cette approche normale lui paraissait absolument anormale.

« Houston, stoppez !

— Nous stoppons... »

Il vit, au télé, les fusées de freinage s'allumer, s'éteindre, se rallumer, s'éteindre...

« Bon. Coupez votre guidage... Je la prends en charge...

— Nous coupons. A vous... »

Olof soupira profondément, et enclencha le dispositif d'appel automatique de la petite navette. Il avait accompli cette manœuvre cent fois depuis des années. C'était sans histoire. Parce qu'elle avait accéléré, la 47 se trouvait maintenant sur une orbite un peu plus basse que lui par rapport à la Terre. Des fusées allaient automatiquement rectifier et l'amener juste à l'endroit où la grande navette l'appelait, c'est-à-dire à toucher la porte circulaire du compartiment des soutes. Sans qu'il ait, jusque-là, à s'en occuper. Alors seulement il interviendrait. Il ouvrirait la porte et Judith entrerait...

« Judith ! »

Il était maintenant en liaison avec elle...

« Judith ! »

Elle ne répondait pas. Il ouvrit l'image, vit l'intérieur de la 47. Judith était toujours sanglée à la couchette, dans la même position que des heures auparavant, quand il avait coupé l'émission du centre. Les yeux fermés. Endormie ? Ou sans connaissance ?

Il cria :

« Judith ! »

Elle tressaillit. Il répéta, très tendrement :

« Judith »

Il la vit sourire, sans ouvrir les yeux. Elle dit :

« Olof... C'est toi ?... Tu es là ?...

— Oui, Judith... Oui mon amour... Je suis là, tout près... Et tu viens vers moi... Et je t'aime, et tu m'aimes, et nous allons être enfin réunis !... »

Elle ouvrit les yeux avec une expression effarée.

« Qu'est-ce que tu dis ?

— Tu n'as pas encore compris que tu m'aimes ? Que si tu as tant fait pour me rejoindre c'est parce que tu m'aimes ?

— Olof ! Mais...

— Chut ! Reste calme ! Tout n'est pas fini... Tout se passe trop simplement... Je n'ai pas confiance... Qu'est-ce qu'ils t'ont dit de faire quand tu arriverais ?

— Rien... Rien... D'obéir à tes instructions...

— Pas de bouton à pousser, de manette à tirer, quelque chose à toucher ou à déplacer dans ton tableau de bord ou à côté ?

— Non, rien... Je dois faire ce que tu me diras...

— Hum... C'est trop simple, trop simple...

— Mais qu'est-ce que tu crains ?

— Qu'ils aient déniché un réfractaire comme moi, un ingénieur, un technicien, un type qui a peur de mourir et qui me hait, et dont toute l'agressivité s'est réveillée. Il y en a des dizaines de milliers qu'Helen n'a pas changés. Ils ont dû accourir vers Houston, s'ils ont pu, pour offrir leurs services, pour me tuer. Mais si j'avais vu arriver une navette, je l'aurais détruite. Ils le savaient, en bas. Alors ils t'ont mise dedans, et je n'ai pas tiré, et tu es là, tu t'approches, et tu apportes peut-être la mort pour nous deux...

— Comment peux-tu croire ça ? C'est le Pape qui m'envoie !

— Avec le respect infini que j'ai pour lui, je le crois parfaitement capable de sacrifier une de ses brebis pour sauver ce qui reste du troupeau... »

Il n'était plus question, en bas, de prendre des tours de garde. Tous ceux qui étaient au courant de l'aventure de la NA 47 et qui avaient participé à son lancement étaient présents devant les écrans à l'instant où approchait le dénouement. Les gardes du Centre et les cardinaux veillaient à ce que personne d'autre n'approchât. Les Présidents savaient tout juste ce que leur avait dit leur Président : qu'une tentative était en cours... Un espoir... Fragile... Très fragile... On ne peut encore rien en dire...

Mais quelque chose d'extraordinaire était déjà en train de se produire, et tout le monde s'en était rendu compte, presque sans oser y croire : depuis plusieurs heures, aucune chute de Bombe n'était signalée nulle part dans le monde... Etait-ce seulement une accalmie, ou bien...?

Le Pape et le Président savaient qu'Olof avait été trop occupé, pendant tout ce temps, pour lâcher ses Bombes, mais qu'il recommencerait, à moins que la mission de la NA 47 ne mette fin à sa folie...

Ils étaient assis côte à côte, le Président épuisé et excité en même temps, le teint verdâtre, les yeux rouges, le visage rongé de barbe, le Pape impeccable, calme, blanc. Devant eux, plusieurs écrans répétaient la même image, en provenance du radar d'un satellite de surveillance mis en orbite loin au-dessus de l'altitude du lieu où était en train de se jouer le sort du monde.

L'image, d'un rose pâle, montrait, au milieu des écrans, une sorte de ver marron épais, qui était le convoi, et, à côté, une olive à l'extrémité aplatie, qui était la grande navette. Et une puce, la NA 47, qui s'en rapprochait, s'en rapprochait...

Le Pape, silencieux, serrait les dents, devenait blême sous sa pâleur. Il s'était arrêté de prier. Il ne savait plus s'il devait demander à Dieu que la manœuvre réussît ou qu'elle échouât...

L'image de la puce n'était plus qu'à un millimètre de l'image de l'olive.

« Pape! chuchota le Président, tu me donneras un coup de poing si ça réussit! Je ne veux pas le voir! Cette innocente était trop mignonne! C'est affreux!... »

Et il ferma les yeux, ses mains crispées sur les accoudoirs.

Les techniciens ne pensaient qu'à la réussite de l'accostage. Ils n'étaient pas au courant de tout...

Sur l'écran il ne restait plus qu'un dixième de millimètre entre l'olive et la puce...

Cela correspondait, dans l'espace, à cinq mètres...

C'était juste assez près, juste, pour qu'Olof vît...

Le piège!

— Il ne pouvait plus y échapper!

Essayer!...

Trop tard pour prendre les commandes de la 47 et la stopper.

En un instant sans durée, son cerveau vit l'esquive possible, en déduisit les conséquences, commanda...

Il hurla, à l'adresse de Judith :

« Mets ton casque ! Mets ton casque ! Tout de suite ! Tout de suite ! Mets ton casque ! Mets ton casque ! »

En même temps il commandait l'allumage des énormes fusées principales de sa propre navette. Toutes les quatre. Comme pour lancer le convoi tout entier. C'était la seule chance de faire démarrer son engin assez vite pour éviter la 47 qui continuait d'avancer lentement vers lui. S'il n'arrivait pas à se dérober, si la conjonction s'opérait, le piège qu'il avait décelé fonctionnerait, et les deux navettes voleraient en poussière dans l'espace.

Le piège, c'était un G.V., un disque explosif de contact, tel qu'on en utilisait dans les Travaux publics, collé sur la face avant de la NA 47, camouflé à la peinture et au mastic. En s'écrasant contre la porte de la soute, il aurait fait sauter les deux navettes. Un choc avec n'importe quelle partie de la 212 produirait le même effet. Ils avaient dû trouver un réfractaire pour l'installer.

Tout l'intérieur de la grande navette vibrait et tremblait, dans le grondement terrible des quatre moteurs déchaînés, transmis par les parois. Et, lentement, l'engin s'ébranlait, accélérait, filait comme l'éclair, passait à deux centimètres du nez de la 47... Et les moteurs se turent.

Olof, écrasé contre une cloison, un bras coincé dans son dos, sut qu'il avait réussi. Mais avait-il coupé les fusées à temps ? Avait-il empêché leurs flammes d'envelopper la petite navette et de la transformer en cercueil ardent ?

Il était déjà trop loin pour voir la NA 47 laissée derrière lui. Les fusées avaient lancé la 212 comme une balle sur une nouvelle trajectoire. Il ne pouvait pas, bien sûr, revenir en arrière. Il ne se retrouverait approximativement dans la même région de l'espace qu'après avoir bouclé le tour complet de la Terre. A condition qu'il puisse faire le point de son engin et en reprendre la maîtrise. La 212 était maintenant sur une nouvelle orbite. Olof, de nouveau en apesanteur, s'installa aux commandes et la navette entra dans la nuit.

« C'est raté, dit le Pape en soupirant de bonheur.

— Merde ! » dit le Président.

Avant même de l'avoir de nouveau au radar, Olof, le cœur serré d'angoisse, enclencha l'appel permanent de la NA 47 en radio. Mais quand sa tache minuscule apparut au bord de l'écran, aucune voix ne l'accompagna. Judith ne répondait pas.

Son tour de la Terre entièrement accompli, Olof se retrouva à une centaine de kilomètres de son point de départ, à gauche et en dessous. Au télé, il voyait la NA 47, une de ses fusées latérales allumées, tourner lentement, effectuant sur place un cercle de quelques dizaines de mètres, assez loin du convoi.

Judith ne répondait toujours pas. Et l'écran-images n'était occupé que par un fourmillement de points de couleur.

Le petit engin semblait intact. Mais il pouvait

avoir chauffé assez pour cuire tout ce qui se trouvait à l'intérieur. Par bonheur, aucune chaleur ne pouvait faire exploser le disque G.V., qui n'était sensible qu'au choc ou à la compression.

Déjà la 212 s'éloignait, continuant sa ronde. C'était la seule chose à faire : de nouveau le tour de la Terre, en rectifiant...

Il faisait nuit quand Olof eut accompli sa deuxième révolution. Et il se trouva encore plus éloigné. Il jura, furieux. Quelle erreur avait-il faite dans ses calculs ou ses manœuvres ? Judith, si elle était encore vivante, avait besoin de lui d'urgence. Au télé, il vit briller la petite vedette sous la lumière de la Lune. Sa fusée latérale s'était éteinte, à bout de carburant, mais l'engin continuait de tourner doucement...

Il recommença ses calculs et entama son troisième tour. Le jour venait vers lui.

A la fin du quatrième tour, il s'était encore éloigné...

Effrayée par l'ordre brusque d'Olof crié par le diffuseur, Judith avait obéi aussitôt. Le casque était coincé dans un logement juste au-dessus de sa tête. Elle le tira brusquement et il vint presque de lui-même se mettre en place, et se verrouilla. Un astronaute de la base lui avait fait répéter la manœuvre plusieurs fois. Dans ce genre de petit rafiot, on pouvait toujours avoir besoin de se mettre à l'abri d'urgence. On ne quittait jamais le scaphandre. Mais, généralement, on ne restait dans une NA que trois ou quatre jours, au maximum...

Son volet de hublot avait été fermé et bloqué au départ, pour lui éviter l'agoraphobie provoquée par le défilé incessant des étoiles.

Pour la défendre contre la claustrophobie, on ne l'avait jamais laissée seule. Il y avait toujours eu un technicien du Centre avec elle, sur l'écran. Et le Pape lui avait longtemps tenu compagnie, lutin blanc bien-veillant, minuscule dans le petit rectangle lumineux.

Elle n'avait pas vu la 212 quand elle s'en était approchée, mais elle avait vu Olof, tout de suite, et il ne l'avait plus quittée. Sauf à l'instant...

« Olof! Olof! Qu'est-ce qui se passe? »

Elle appelait dans le micro de bouche. Mais Olof ne répondit pas. Et il n'y avait personne dans l'écran minuscule qui palpitait à gauche à l'intérieur du casque.

Elle n'avait pas vu la flamme éblouissante des tuyères, elle n'avait, bien sûr, pas entendu leur rugissement, le vide ne transmettant pas les sons, elle n'avait pu savoir qu'elle avait échappé de justesse à leur flamme totale, Olof les ayant coupées, à un centième de seconde près, avant qu'elles flambent sa navette.

Protégée par le scaphandre et le casque isolants, elle eut quand même très chaud, tout à coup. Mais cela se dissipa...

Elle appela « Olof! Olof! », pendant ce qui lui sembla une éternité. Et Olof ne répondit pas ni ne se montra. Ne comprenant rien à ce qui avait pu se produire, bouleversée d'inquiétude, elle se décida alors à appeler le Centre.

Et le Centre, lui aussi, resta muet...

La panique la submergea d'un seul coup. Elle perçut, presque visuellement, sa situation : on l'avait enfermée dans une boîte de fer qu'on avait lancée dans le vide, et maintenant elle se trouvait seule dans l'espace, loin de tout, loin de tous, enfermée, sans recours, sans aide possible, une boîte lancée et abandonnée dans le vide sans limites, et elle dedans... Perdue...

Elle allait mourir... Cette pensée l'apaisa... Elle n'avait aucun moyen matériel de hâter sa mort, mais elle pouvait cesser de résister à l'épuisement, de se cramponner à la vie. Elle n'avait pas mangé depuis longtemps parce que les déchets de son organisme débordaient du sac étanche trop plein et suintaient le long de son corps. Elle avait conscience d'être plongée dans l'horreur. L'horreur et l'absurde. Qu'avait-elle espéré? Pourquoi avait-elle tenté cette aventure folle? Etait-ce vraiment pour Filly, ou pour elle-même, comme il le lui avait affirmé? Où était-il? Pourquoi avait-il disparu? Elle appela encore une fois « Olof! »... Silence... Mais peut-être parlait-il dans le diffuseur de la cabine, le casque l'empêchait de l'entendre?... En hâte, maladroite, épuisée, elle le déverrouilla, le repoussa dans son logement, écouta...

Silence... Silence...

A bout de souffle, elle appela : « Olof!... » Ecouta encore... Silence. Elle ne pouvait plus faire l'effort d'écouter. Elle renonça, se laissa glisser dans l'absence de tout.

Ce ne fut que vers la fin du septième jour, en voyant le convoi et la NA 47 entrer au bord de son radar à la place où il les espérait, qu'Olof jugea que cette fois il était enfin assez bien placé pour effectuer les manœuvres d'approche.

Il lui fallut toute la « nuit » pour conduire son énorme engin à proximité de la 47 et l'immobiliser à une trentaine de mètres au-dessus du cercle que la petite vedette décrivait lentement. Il appela Judith et n'obtint de nouveau que le silence. Il entra dans le sas, revêtit son scaphandre, ceignit sa ceinture d'outils, y accrocha son moteur auxiliaire, et sortit.

Le jour arrivait brutalement. Après des années de travail dans l'espace, Olof n'avait plus besoin de penser aux gestes à faire pour animer ses petits propulseurs de poussée et de direction, pas plus qu'un poisson ne pense à ses nageoires. En quelques secondes il fut au contact de la NA, et vit qu'elle avait subi des dégâts extérieurs : au moment où les tuyères éteintes l'avaient frôlée, leur chaleur était telle qu'elle avait grillé les antennes et en partie soudé la porte d'accès. La 47 ne pouvait plus émettre ni recevoir de message.

Le silence de Judith était peut-être seulement un silence technique...

Son espoir ranimé, il prit un marteau à sa ceinture et en frappa la coque. Trois coups longs : ---, intervalle, puis de nouveau trois coups longs : ---. Encore une fois... Elle connaissait peut-être le morse... C'était la lettre O : Olof...

Il colla son casque contre la navette pour percevoir la réponse. Silence. Il attendit, recommença. Sans plus de succès.

Le silence de Judith n'était pas seulement technique. Elle était hors d'état de répondre. Evanouie. Ou morte... Il devait agir vite.

Il lui fallait découper la porte. Ces petits engins n'avaient pas de sas : au premier trou, l'air intérieur s'échapperait. Si Judith vivait, si elle avait mis son casque, elle serait sauvée. Sans casque, elle mourrait.

Une chance sur deux...

S'il n'ouvrait pas la porte, elle mourrait sûrement.

Zéro chance...

Il fallait savoir. Voir... Le hublot !

Il se propulsa vers le haut de la navette, en prenant garde de ne pas heurter le G.V. au passage.

Ces salauds ont bloqué le volet de l'extérieur... Facile... Facile... En quelques minutes il eut libéré la plaque de métal, la repoussa dans son logement, découvrant la surface transparente. La lumière crue du soleil s'y réfléchissait, faisant paraître totalement obscure la cabine à peine éclairée par la lampe de bord. Gêné par son casque, Olof ne voyait rien.

Enragé, il dut retourner à sa navette, prendre dans le sas un sac de plastique sombre et, revenu à la 47, en faire autour de sa tête un abri contre la lumière, comme le voile noir des anciens photographes.

Alors il vit... Judith... Liée à sa couchette. Sans casque. La tête un peu tordue. Les yeux clos.

Elle est au fond du noir. Sans poids. Ni sensations. Ni émotions. Ni pensées. Elle est bien...

Elle continue, lentement, de s'enfoncer. Plus loin. Plus noir. Vers le rien. La paix...

Brusquement, la déchirure horrible de la lumière. Comme une scie qui arrache et ouvre la chair de sa conscience.

Ses yeux... Les ouvre... Les referme... Fait mal... Soleil...

Le soleil ? Où... Je suis où ?...

Je suis dans la navette... Soleil ?... Jamais... Navette... Boîte close... Horreur...

Rouvre les yeux... Une main pour les protéger... Cligne... Regarde... Un rectangle de lumière... Fenêtre... Il n'y a pas de fenêtre dans la navette. Je ne suis pas...

Si !... Elle reconnaît l'intérieur de son engin de fer, avec maintenant une fenêtre par laquelle entre le soleil éblouissant... Comment... ? Qu'est-ce que... ?

Une énorme chose ronde, obscure, vient s'inscrire dans le rectangle de lumière. Le casque d'un scaphandre. A l'extérieur.

Qui est dans le casque ? Elle ne peut pas voir. Qui est là ?

Le casque recule. Un gant écrit sur la vitre, en grandes lettres rouges, à l'envers pour qu'elle puisse la lire à l'endroit, la réponse :

OLOF

JE VIENS TE CHERCHER

METS TON CASQUE

Et le gant souligne « mets ton casque » une fois, deux fois, trois fois. C'est très important. Elle obéit. Encore assez de forces... Elle tire le casque, verrouille, vérifie... Elle ne voit plus rien. Plus du tout de forces. Olof. Heureuse. Fini.

Dans la pureté totale du vide, Olof entraînait Judith arrimée par sa ceinture au bout d'un filin de trois mètres. Ils montaient lentement vers la grande navette, en direction du ciel criblé d'étoiles. Le ciel était noir, les étoiles éclatantes. Le soleil absolu flambait sur les scaphandres métallisés, d'or pour Olof, et d'argent pour Judith. Sans connaissance, elle flottait au bout du fil, tournait un peu, molle, membres à l'abandon, comme une fleur tombée d'un arbre sur le courant d'un fleuve endormi. Olof était droit comme une flèche lancée en direction de son vaisseau, filmée au ralenti. D'argent et d'or, nimbés d'étoiles, ils montaient vers le ciel noir, dans le feu du soleil.

Il arriva droit devant la porte du sas qu'il avait laissée ouverte, y pénétra, attira à lui Judith, ferma la porte, ouvrit l'admission d'air. Quand le sifflement s'arrêta, il se libéra de son scaphandre qu'il rangea avec ses outils dans le placard étanche. Il disposait de peu de place pour s'occuper d'elle. Ils étaient serrés l'un contre l'autre comme dans le goulot d'une bouteille. Il lui ôta d'abord son casque, dégageant son visage blême, torturé.

Malheureuse !... Mon amour... Ce que tu as subi... !

Il prit tendrement entre ses mains la chère tête qui émergeait à peine du grand col béant du scaphandre, en baisa les yeux clos, les joues maculées, les lèvres sèches.

Avec de grandes difficultés, il parvint à lui retirer son scaphandre, lui ôta aussi sa combinaison et son sous-vêtement pourris, en fit une boule qu'il enferma dans un sac à éjecter. Judith nue, réduite à l'état d'un objet misérable, était coincée entre lui et la paroi. Bouleversé de pitié, il la fit tourner doucement pour l'examiner. Sa peau était marbrée de rouge aux endroits attaqués par les acides de la transpiration et de la saleté. Ses coudes et ses fesses saignaient. La laver, la soigner...

Il ouvrit la séparation intérieure du sas et, époux dérisoire, franchit le seuil en portant dans ses bras l'épouse sans conscience. Ils entraient nus dans la maison de l'espace.

Il vola jusqu'à la couchette, y fixa Judith, et put alors lui administrer, par piqûres, ce qui était le plus urgent : un tonicardiaque, un anti-infectieux, et un somnifère non barbiturique pour substituer le sommeil réparateur à l'évanouissement. Il n'était pas médecin, mais dans l'espace il faut savoir se soigner tout seul, et la pharmacie de bord contenait plus que le nécessaire.

La laver... Ce n'est pas facile, en apesanteur, avec l'eau qui fait ce qu'elle veut, et qu'on doit tenir enfermée... Il existe une crème de toilette inventée spécialement pour les astronautes, mais dans l'état où se trouvait l'épiderme de Judith, il n'osa pas l'employer. Il n'y a rien de mieux que l'eau... La douche, bien sûr... Mais Judith, inconsciente, respirerait de l'eau et se noierait... Finalement, il lui enferma la tête dans un grand sac imperméable serré au cou, la boucla dans la douche, fit jaillir l'eau, et la délivra avant qu'elle ait pu souffrir du manque d'air.

Il put alors soigner ses plaies, et, l'ayant de nouveau sanglée à la couchette, lui brancha un goutte-à-goutte de sérum nutritif. Sur terre, le liquide passe de la grosse ampoule dans les veines sous le simple effet de la pesanteur. Faute de celle-ci, on avait recours, dans l'espace, à des ampoules molles, dont l'enveloppe, en plastique élastique, se contractait progressivement, pressant le sérum vers la veine. Celle qu'il utilisa était une sphère rose, d'un demi-litre. Elle flottait au bout de son court tuyau, comme une méduse. Elle allait se réduire peu à peu à la taille d'une bille. Rouge.

Olof soupira et eut un léger sourire de soulagement. Il avait fait tout le nécessaire. Tout ce qu'il pouvait. Maintenant il fallait attendre. Mais tout irait bien, il en était certain. Elle avait eu tant de courage... Son visage, qu'il avait nettoyé avec tendresse, était détendu et commençait à retrouver des couleurs. elle reprendrait vite ses forces...

Il sentit alors sa propre fatigue le noyer. Il s'arrima à la cloison, face à Judith, et s'endormit aussitôt, heureux. Il avait complètement oublié les Bombes.

Un jour... Deux jours... Trois jours depuis que les techniciens, le Président et le Pape avaient assisté, sur les images radar, à l'arrivée de la 47 près de la 212, et à leur conjonction manquée.

« Vous êtes un sacré lapin, Saint Père ! dit le Président. Vous aviez raison ! Vous avez gagné ! Je voudrais bien savoir ce qui se passe là-haut ! Heureusement que le mari a le sommeil solide ! Vous êtes sûr que votre empoisonneur veille sur lui, au moins ?

— Ce n'est pas un empoisonneur..., soupira le Pape. C'est un très consciencieux toxicologue... Il connaît très bien les doses... »

Il soupira de nouveau. Il ne parvenait pas à se soulager du poids d'une anxiété qui ressemblait à du remords.

« C'est peut-être Olof qui avait raison, dit-il. Nous n'aurions peut-être pas dû essayer de sauver les hommes...

— Vous êtes complètement tordu ! dit le Président. Allez dormir un peu !... Et tâchez de vous raser ! Une vieille barbe, ça vaut rien pour le moral ! Et c'est pas beau pour un pape!... Allez dodo!... Si ça bouge, je vous secouerai...

— Tu as raison, Salva », dit le Pape.

Il se leva de son fauteuil avec une grimace, se fit une place sur le divan parmi trois techniciens endormis en tas, les poussa un peu, s'insinua, s'allongea de son mieux, les pieds coincés derrière un dos, la tête sur une cuisse, et commença de se passer sur les joues un rasoir électronique, doux et silencieux, tout en priant Dieu, avec toute sa ferveur, de l'éclairer, et de lui pardonner s'il s'était trompé. Il s'endormit alors qu'il en était au menton.

Le Président bâilla, mais tint bon. Des techniciens dormaient dans leurs sièges. D'autres surveillaient l'image du radar, la 212 immobile et la 47 qui continuait de tourner sur place. Le Président fermait ses yeux brûlants, les frottait un bon coup, regardait sa montre... Puis de nouveau l'écran. Qu'espérait-il y voir enfin? Il ne savait pas, il n'imaginait pas comment pouvait se passer la suite. Les techniciens étaient prêts à assurer le retour de Judith, soit en guidant sa navette, soit en lui en envoyant une autre. Mais il faudrait d'abord qu'elle se fasse entendre. Qu'annoncerait-elle? La vie? Ou la mort?...

Le Pape continuait de prier en dormant, sa conscience assoupie répétant la formule par laquelle elle espérait se libérer des tourments de la culpabilité. La formule de l'acceptation totale, qui accorde enfin la paix :

« Mon Dieu, que Votre volonté soit faite. . »

Elle était nourrisson. Une main bienveillante —
ma... ma... maman... lui donnait le biberon. Bon,
bon... Chaud. Doux, épais. Bon dans la bouche. Bon
dans la gorge. Bon, chaud, doux dans l'estomac...

L'estomac?

Un nourrisson ne sait pas qu'il a un estomac... Moi
je le sais! Alors je ne suis pas...

Elle s'éveilla.

Elle tétait.

« Continue, continue..., lui dit doucement Olof. Tu
en as besoin... »

En apesanteur, on ne peut pas se nourrir autrement.
Tablettes, tubes, gros biberons de diverses bouillies.
C'était le cinquième qu'elle avalait depuis vingt-sept
heures qu'elle dormait. Son visage avait repris des
formes et des couleurs.

Bon... bon... doux... chaud... Elle ferma les yeux de
plaisir et continua. Puis elle les rouvrit, et comme tous
les bébés qui tètent, elle sourit de gratitude à celui qui
la nourrissait. Olof en fut illuminé de bonheur. Mais il
la vit tout à coup détourner sa bouche de la tétine et
jeter autour d'elle des regards affolés. Il comprit, la

détacha rapidement, se projeta avec elle vers sa chambre, lui montra la cuvette W.-C. aspirante, lui indiqua son fonctionnement, et la laissa.

Une femme ne peut pas résister à l'attrait d'une salle de bains. Elle trouva la baignoire hermétique, comprit comment l'utiliser, ainsi que le shampouineur étanche, se baigna et se lava les cheveux, se frotta le visage à la crème de toilette. Le parfum de celle-ci lui sembla étrange, à la fois familier et oublié. Nostalgique, attirant, déchirant. Il lui donnait envie de se rouler dedans, et de sangloter. Et brusquement elle le reconnut : c'était l'odeur merveilleuse de l'herbe coupée, qu'elle avait sentie pour la première et la seule fois aux pieds des trois Grâces, dans le jardin du Louvre. Avec Olof...

Olof?... Oui, j'y vais... Je vais lui parler... Je suis venue pour ça... Les Bombes... Il ne pourra pas me refuser. Je suis venue pour ça. Comment m'a-t-il amenée ici ? J'étais en train de mourir. Il m'a sauvée... Olof... Filly... Elle est bien, avec son père. Les filles aiment plus leur père que leur mère. Je vais la sauver... Olof... Je vais lui parler. Je suis venue pour ça... Où sont mes vêtements ? Qu'est-ce qu'il en a fait ?

Elle venait seulement de réaliser qu'elle était nue. Et Olof... Oui... Elle n'avait pas eu le temps de le voir beaucoup... Oui... Il était nu, lui aussi...

Eh bien, c'était comme ça... ça ne la gênait pas... On n'était pas dans des conditions ordinaires, ici... Comme des poissons dans un aquarium... Les poissons sont nus. On ne peut pas habiller des poissons...

Elle chercha quand même, par habitude, à se couvrir. Elle trouva une grande serviette éponge de couleur corail. Elle réussit à s'envelopper dedans et la fixa autour de sa poitrine par un nœud. Et elle sortit de la chambre en volant.

Faute de pesanteur, le frottement de l'air écarta d'elle la serviette, qui se dégagea et la quitta pour continuer son chemin toute seule. Judith fit pour la rattraper un geste un peu trop brusque, et partit à travers la cabine en amorçant un tire-bouchon amorti.

Olof la saisit par le poignet alors qu'elle passait près de ses épaules, se donna un peu d'élan du bout d'un orteil, et l'accompagna dans son lent tourbillon.

Il ferma ses bras autour d'elle. Elle réussit à pivoter pour lui faire face, et à son tour l'entoura de ses bras. Il lui dit très bas : « Mon amour !... Enfin !... » Elle le regardait avec gravité, comme un enfant qui vient d'entrer tout éveillé dans un conte et qui sait à la fois que c'est impossible et que pourtant c'est vrai.

Elle lui répondit simplement, dans un souffle : « Oui... », ferma les yeux sur son rêve, et de toute la longueur de son corps, pour en assurer la réalité, se serra contre lui.

Oui. C'était cela. C'était oui. Il n'y avait que oui. C'était la réponse à tout. Elle était arrivée au bout. C'était la fin de l'attente, de la peur, de l'ennui, du besoin, la fin des gens et des choses sans importance, de l'entremêlement des vies, de ce qui est informe, de ce qui tire et de ce qui pousse, des mots qui ne disent rien et qui font des bruits, des gestes inutiles, de la multitude des événements légers ou graves, de tous les jours et de toujours. La peur était remplacée par la pleine certitude. C'était oui. Elle rouvrit les yeux. Il était là...

Il était là. Elle était avec lui. Ils étaient l'un contre l'autre, l'un dans les bras de l'autre serré, sans poids, tournant lentement autour de l'axe du monde qui passait entre leurs chevilles, entre leurs genoux et leurs sexes, entre leurs ventres joints, entre les seins de Judith unis à la poitrine d'Olof, entre leurs visages et leurs regards.

C'était l'instant où ils venaient enfin de se trouver, et il durait depuis l'éternité.

Elle appuya sa joue contre la sienne, il tourna un peu la tête et leurs lèvres furent ensemble. Les cloisons et leurs objets tournaient lentement autour d'eux et la serviette corail planait à leur côté. Ils flottaient allongés au centre de tout, délivrés, intouchables. Les jambes de Judith s'ouvraient peu à peu, légères comme des pétales. Elle les referma doucement autour de lui Alors il entra dans le chemin qui venait de lui être ouvert, et elle reçut ce qu'elle avait si longtemps attendu, le ciel avec ses étoiles, toutes les étoiles brûlantes et douces..., qui se balançaient, se balançaient... Et d'où coulait, partout, partout en elle, la joie inimaginable, pour laquelle aucun mot n'a jamais pu être inventé.

Le temps s'écoula. Ils ne savaient plus ce que c'était. Il y avait le soleil qui passait d'un hublot à l'autre et la nuit qui lui courait après, et le soleil qui revenait, et puis la nuit, et puis le soleil. C'était le jeu du soleil avec la nuit. Cela n'avait aucun lien avec le temps qui passe. Il n'y avait plus de temps, il n'y avait plus de poids, il n'y avait plus de monde.

Ils s'aimaient comme des papillons, comme des hirondelles, ils étaient duvets couchés sur le vent.

Ils s'aimaient avec une passion brûlante et fraîche, avec tendresse, avec amitié, avec complicité. Chaque fois ils se redécouvraient et découvraient de nouveau, avec un étonnement toujours neuf, l'immensité du bonheur de l'amour...

Il n'y avait plus de temps. Ils s'aimaient, ils riaient, ils avalaient avec appétit des nourritures bizarres et sans attrait, ils se racontaient leur vie passée — qu'elle appelait « ma vie absente » — elle lui disait que pendant ces années qu'elle avait crues normales elle ne savait pas qu'elle l'aimait et que rien d'autre que lui n'avait la moindre importance. Elle croyait avoir oublié même son visage, et pendant toutes ces années il avait été présent au fond d'elle-même, présent, lourd, intact, lui, la seule réalité...

Il lui disait qu'il n'avait jamais cessé de penser à elle, et que sans elle il était comme un amputé qui saigne, comme un écorché, une plaie vivante. Et c'était sans doute sa souffrance qui l'avait lancé dans cette grande action de justice contre les hommes.

Elle lui disait : « Pardonne-leur, nous sommes si heureux... Quand on est heureux, on comprend tout et on pardonne... Et l'univers est peut-être plein d'êtres plus dangereux que les hommes... Tu ne peux pas tout nettoyer !... »

Il se mettait à rire et elle riait aussi. Il y avait dans leur amour, en plus de la joie, une gaieté absolue. Ils riaient en se regardant. Ils riaient de la joie d'être heureux. Ils avaient effacé de leur esprit les souffrances du monde. Ils n'étaient qu'eux. Ils étaient tout.

Ils s'endormaient dans les bras l'un de l'autre, sans peser l'un sur l'autre, sans s'attacher nulle part, en l'air, ne formant plus qu'un, dérivant doucement d'une cloison à l'autre, ensemble, délivrés du poids de la Terre, rêvant d'eux-mêmes et se réveillant pour retrouver, tenue dans leurs bras, leur réalité plus belle que le rêve.

Il n'y avait pas d'avenir. Ils n'y pensaient pas. Il y avait le présent, loin de tout, loin de tous, le présent qui durait hors de la durée.

Depuis plus de trois semaines — quatre semaines dans quarante-huit heures! — l'image radar restait immuable, les autres écrans vides et la radio muette... Dans la salle de contrôle, la tension avait fait place à la lassitude, presque toutes les joues portaient des barbes de plusieurs jours, l'air sentait le linge douteux et le mégot froid.

Le Pape se laissait pousser la barbe. Elle commençait à dessiner autour de son visage mince une fine auréole blanche. D'un geste nouveau, qui trahissait son anxiété, il passait sur ses joues les doigts écartés de sa main gauche, puis se tortillait les poils du menton...

L'espoir commençait à vivre dans le cœur des rescapés du monde entier. Ils voulaient croire que c'était fini. Et chaque jour les confirmait dans cette certitude. A la suite d'une fuite ou d'une intuition, une T.V., puis toutes, avaient annoncé qu'un « messager avait été envoyé à Olof, et que les négociations se poursuivaient ».

Un lent, morne mouvement de reflux s'était ensuivi, qui ramenait les débris des foules vers leurs points de départ, ou, quand ceux-ci n'existaient plus, vers des villes apparemment intactes. Certains restaient sur place, hébétés, attendant la fin. D'eux-mêmes. De tout.

« Je vous parie une chose, dit le Président : si ça bouge pas là-haut, c'est qu'il a tué la petite, puis il s'est suicidé.

— Ne dites pas des choses atroces ! dit le Pape.

— Ça expliquerait tout !... Et quelle autre solution vous voyez pour lui ? Il sait bien qu'il peut pas revenir sur terre ! Il est coincé. Il n'a pas d'issue... »

Il se frappa le front de son poing fermé.

« Pas d'issue ! C'est évident ! Coincé ! Il faut lui ouvrir une porte ! Monsieur Clarck !... »

L'ingénieur en chef du Centre se tourna vers lui, et le Président s'étonna une fois de plus de le trouver si correct, rasé de frais, ses cheveux blonds bien lissés, chemisette blanche, short brique, impeccable, le visage impassible. Il avait traversé toute l'aventure avec un sang-froid total, sans manifester d'émotion. Il était né de parents anglais.

« Oui ? dit-il.

— Vous n'avez vraiment aucun moyen de savoir s'il écoute parfois vos appels ?

— Aucun.

— Eh bien nous devons espérer qu'il écoutera... Vous allez lui envoyer le message suivant : *La conférence des Présidents a décidé de vous accorder l'immunité totale si vous regagnez la Terre immédiatement.* »

Le Pape sursauta.

« Quoi ? Vous avez décidé ça et vous ne me l'aviez pas dit !

— Ce n'est pas encore décidé, mais comptez sur moi, ça le sera ! Disons que j'anticipe, mais je le prends sur moi!... Monsieur Clarck, vous ajouterez : *Vous pourrez vous retirer dans un lieu où votre sécurité sera assurée, en compagnie de qui vous aurez choisi.* Allez-y! Envoyez ça sans cesse, en continu!... »

Et s'adressant au Pape :

« " Qui vous aurez choisi ", vous voyez qui je veux dire? Je compte sur vous pour mettre le mari en hibernation... »

Le Pape eut un sourire un peu triste, et demanda :

« Vous pensez vraiment que vos collègues vont pardonner à un criminel de cette dimension?

— Et qu'est-ce que vous voulez que nous en fassions? Que nous le passions à la moulinette? La peine de mort n'est plus appliquée nulle part, depuis Helen. Alors, l'enfermer comme fou? Qu'il soit dans un asile ou quelque part ailleurs, " protégé " et surveillé par une police internationale, quelle différence?... Et c'est la seule façon que nous ayons de sauver cette jeune femme qui a peut-être sauvé l'humanité!... Vous n'avez pas l'air convaincu... Je n'ai pas raison?

— Que Dieu et Olof vous entendent! dit le Pape.

A la troisième heure du trente-troisième jour, Alan Clarck, qui regardait l'écran central, dit de son ton sérieux habituel, sans élever la voix :

« Elle bouge... »

L'ingénieur assis à sa gauche dormait. Celui de droite l'entendit et ne le crut pas. Il vérifia en projetant sur un écran secondaire une image rémanente du radar, et, trois secondes plus tard, une seconde image. Tous les détails coïncidaient, sauf la 47, qui tournait, comme toujours. Et la 212 avait légèrement « bavé » vers l'avant... A peine...

Une troisième image : le décalage augmentait...

« Quels yeux vous avez ! » dit-il au chef du Centre. Puis il cria : « ELLE BOUGE ! »

Ce fut comme une explosion dans la salle de contrôle. Exclamations. Gestes extravagants ou inutiles. On se dressait, on se rasseyait, on jurait, c'était fini d'attendre, ce salaud avait enfin bougé !... Tous les regards convergeaient vers la petite olive camuse, au centre de l'écran. C'était là que quelque chose se passait.

Tout à coup, la tache qui représentait la petite

navette sur l'écran devint beaucoup plus grande, puis s'effaça. Plus de navette...

« Qu'est-ce qui se passe ? demanda le Président.

— Il a fait sauter la 47, dit Clarck. Probablement avec un missile.

— Mais pourquoi ?

— Il ne voulait sans doute pas s'en servir pour renvoyer Mrs. O'Callaghan, à cause du G.V... Et il a voulu débarrasser le ciel de ce danger... Il est devenu bien scrupuleux... Allô 212 me recevez-vous ? N. 212 me recevez-vous ? Faites-nous savoir sur quelle piste vous désirez vous poser. N. 212 nous recevez-vous ? »

Clarck brancha l'écoute sur les haut-parleurs, pour que tous pussent entendre la réponse. Mais il n'y eut rien à entendre que le souffle de l'espace, pareil à une pluie légère de grains de sable sur des milliers de tambours.

Le déplacement de la 212 restait à peine sensible. Elle n'accélérait pratiquement pas.

« Est-ce qu'il a l'air d'amorcer une descente ? demanda le Président.

— Non... non. De toute façon il ne peut pas descendre sans nous demander une piste.

— Mais alors que fait-il ?

— Il semble... on dirait qu'il a décidé de faire ce pourquoi il était là-haut primitivement... Nous allons le savoir... Regardez... »

Et tous les occupants de la salle de contrôle purent voir l'image de la 212 s'approcher lentement de l'image du convoi, et après une manœuvre longue et délicate, coller son museau plat à l'emplacement prévu pour effectuer sa poussée à l'arrière du dernier wagon.

« Bon sang ! dit le Président. Il va nous expédier tout le fourbi sur la tête.

— Non, dit Clarck. C'est impossible... Le convoi est orienté vers l'espace. Il va l'envoyer vers le Soleil. »

Il y eut une courte attente, et par la superposition des images rémanentes, on put s'apercevoir que le convoi commençait à s'ébranler lentement, lentement...

« Incroyable ! dit le Président. Il recommence à zéro. Jusqu'où va-t-il le pousser ?

— Jusqu'au point de non-retour, où le convoi sera attiré par le Soleil. Alors la navette s'en détachera et reviendra à terre... C'est sans doute à ce moment-là qu'il a décidé de reprendre contact avec nous. C'est normal. Les trois pistes sont prêtes. Il choisira celle qu'il voudra. Allô 212, nous recevez-vous ? »

Seul le bruit du sable de l'espace coulait des haut-parleurs.

Quand il fut établi, de façon indiscutable, que la 212 accomplissait sa vraie mission, et que désormais plus aucune menace ne serait suspendue au-dessus de la tête des hommes, le Président Salvador Bisbal convoqua les journalistes et annonça devant les caméras la nouvelle miraculeuse.

« Ce miracle, dit-il, nous le devons à une jeune femme héroïque, Judith O'Callaghan, qui a été volontaire pour rejoindre Olof et tenter de le convaincre d'arrêter son action épouvantable. C'est le seul messager qu'il ait accepté de recevoir, car ils étaient amis de jeunesse. Elle a réussi ! Mais depuis son arrivée dans la navette nous ne savons plus rien d'elle. Sans nouvelles... Nous sommes à la fois pleins d'inquiétude et d'espoir, et d'une immense gratitude. D'ores et déjà nous pouvons vénérer le nom de celle dont le mari et la fille attendent le retour avec angoisse et avec fierté... »

En réalité, Rory dormait toujours. Et Filly s'amusait beaucoup avec le cardinal Boho. Elle ne savait pas du tout ce qui se passait. Le cardinal lui avait dit que sa maman était en voyage, ce qui n'était pas un mensonge, et que son papa ne se réveillait pas parce qu'il valait mieux pour lui qu'il dormît, ce qui était également une manière de vérité. Seul Shama insistait parfois pour en savoir davantage :

« Coua ? Coua ? »

Le cardinal lui répondait en langage corbeau d'Afrique, et il se calmait en grommelant.

Il semblait physiquement tracassé, il se grattait l'arrière du cou aux coins des meubles et des cloisons, en poussant des petits cris de tourterelle.

« Qu'est-ce que tu as à te gratter comme ça ? lui dit un matin Filly. Viens que je te gratte !... »

Shama s'approcha en marchant un peu de travers, il avait un air honteux, il regardait Filly de côté, toujours du même œil, et quand il fut près d'elle, il baissa la tête comme pour un aveu. Et elle vit...

« Oh ! Boho ! Boho ! viens voir ! Viens voir ce qui arrive à Shama !... »

Elle avait pris l'oiseau sur ses genoux et, du bout d'un petit doigt fin, montrait à Boho l'arrière de la tête de Shama : tranchant sur son plumage d'un blanc immaculé, une fine collerette foncée commençait à se dessiner, l'extrémité de petites plumes d'un bleu profond, moiré, qui émergeaient entre deux rangs de plumes blanches.

« Croa ! croa ! dit Shama, eh bien croa ? Je suis un corbeau, croa ! j'ai bien le droit d'être bleu ! »

« Il rajeunit ! dit le cardinal... C'est peut-être l'effet des radiations... Il a dû recevoir des neutrons... Nous en avons tous reçu, plus ou moins. Ils vont provoquer beaucoup de mutations...

— Qu'est-ce que c'est des neutrons ? demanda Filly.

— C'est des petits machins qui traversent tout.

Quand il y en a beaucoup, ça tue. Quand il y en a très peu, ça fait des changements qui n'étaient pas prévus. Comme Shama. Et parfois ça ne fait rien du tout...

— Tu crois qu'il a avalé des neutrons, Shama ?

— Sûrement...

— Ça m'étonne pas ! C'est un goulu !... Tu crois que moi je pourrais avoir un changement, moi, dis, Boho ?

— Tu as envie de changer ?

— Oh oui ! Oh oui ! Je voudrais devenir bleue comme Shama ! Je suis sûre que je peux ! J'ai avalé des neutrons, moi aussi ! Je les ai sentis passer dans le fond de ma bouche, ça faisait glouf-glouf !

— On ne les sent pas passer, tu sais ! C'est bien trop petit !

— C'est petit, petit ?

— Oui, oui, oui...

— Petit comme ça ?

— Bien plus petit ! Encore bien plus petit !...

— Oh mais... Ecoute... Je suis sûre que j'en ai avalé. La preuve c'est que ça me gratte derrière la tête, comme Shama ! Regarde ! Regarde ! J'ai des cheveux bleus qui me poussent ! Regarde ! »

Le cardinal promena en souriant ses gros doigts solides dans les folles boucles couleur de cuivre.

« Non, ma petite rouquine ! Tu ne deviens pas bleue... Tu resteras rousse, et tu es bien plus jolie comme ça !...

— Mais c'est à l'intérieur que ça me gratte ! Tu crois qu'il me pousse des cheveux bleus à l'intérieur, dis ? Ou bien peut-être c'est des plumes ! On peut pas regarder pour voir ? Tu veux pas regarder, par les trous de mes oreilles ? Avec une lampe électrique !...

— Non, on ne peut pas, ma petite carotte ! Mais tu n'as sûrement pas des plumes qui poussent à l'intérieur.

— Mais ça me gratte ! Ça me gratte ! Et toi, où c'est que ça te gratte, toi ? Dehors ou dedans ?

— Entre les deux, dit Boho avec un grand rire.

— Oh ! alors peut-être que tu vas devenir blanc !

— Que Dieu m'en préserve ! dit le cardinal.

— Oh je t'aime ! dit Filly en lui passant ses bras autour du cou. Tu es mon Boho ! Tu es mon cardino ! »

Et elle l'embrassa avec beaucoup de bruit.

« Crouaa ! dit Shama, vous avez vu ça ? »

Il faisait la roue, comme un paon et, la tête tordue, il montrait avec son bec, qui en quelques jours s'était totalement redressé, le bout de la plus longue plume de sa queue, qui virait au bleu.

Peur évanouie, confiance revenue, les peuples commençaient à regrouper leurs restes. Le nom de Judith était prononcé par toutes les lèvres, dans toutes les langues, et présent dans tous les cœurs. Les survivants savaient qu'ils vivaient grâce à elle, et, se voyant enfin au bout de l'abominable, pensaient que, pour elle, ce n'était pas fini... Et chacun, à un moment ou l'autre, sous la pluie ou la neige, levait les yeux vers le Nuage, vers « elle », qui était au-dessus, partie là-haut risquer sa vie pour eux, pour les hommes.

Et ils se demandaient comment cela se terminerait, en supposant qu'elle fût encore vivante. Si le fou la gardait comme otage, il faudrait lui accorder tout ce qu'il exigerait, tout faire pour sauver celle qui avait sauvé le monde. On connaîtrait bientôt ses conditions. Quand il commencerait à redescendre.

Cela n'allait pas tarder. Sur l'écran central de la salle de contrôle, un fragment de courbe rouge figurait la frontière virtuelle que le convoi allait franchir et au-delà de laquelle il serait irrésistiblement emporté par l'attraction solaire. Un minuscule vermisseau s'en approchait, à une vitesse qui paraissait modérée, mais qui était en réalité considérable.

Tous les techniciens se trouvaient de nouveau là, à leur poste. Olof allait peut-être reprendre contact avec la base dès la séparation. Il fallait être prêt.

Le signal d'appel enregistré diffusait sans cesse « N.212 nous entendez-vous? N.212 répondez... Olof, nous vous répétons que l'immunité totale vous est accordée, et qu'un asile vous sera assuré, seul ou en compagnie de qui vous aurez choisi, pour la durée de votre vie. N.212 nous recevez-vous? »

Mais on n'attendait pas de réponse en ce moment, où toute l'attention d'Olof devait être accaparée par la manœuvre de son engin.

La tête du convoi s'approchait de la ligne rouge.

Elle l'aborda. Et la franchit...

Il y eut dans la salle de contrôle une sorte de bref souffle rauque collectif, à peine audible. Les muscles des poitrines se crispaient.

« Séparation dans les trois minutes! » dit la voix technique de Clarck.

Il ajouta, d'un ton plus explicatif :

« Nous allons voir un point blanc se détacher de la queue du convoi. Ce sera la 212... »

On n'entendit plus que le murmure des haut-parleurs. Le ciel endormi rêvait en pointillés.

Tous les assistants se taisaient, les yeux fixés sur l'écran. La moitié du convoi avait déjà traversé la frontière imaginaire...

« Qu'est-ce qu'il attend? » marmonna Clarck.

Pour la première fois il perdit son sang-froid, et cria un appel direct qu'il savait inutile, mais il ne pouvait plus se contenir;

« Olof ? Qu'est-ce que vous foutez, bon sang ? Vous allez vous faire coincer ! »

La queue du convoi se rapprochait de la ligne rouge, comme l'extrémité d'un spaghetti lentement aspiré...

Elle y arriva.

Elle la franchit.

Tout le convoi était passé.

Rien ne s'en était détaché...

Clarck avait la gorge sèche. Il avala un peu de salive, et annonça de sa voix redevenue froide :

« La séparation n'a pas eu lieu au point prévu. Le pilote dispose encore de trente secondes pour une manœuvre de dernier recours... »

La demi-minute s'écoula dans un silence d'acier. Une minute... Une minute et demie, deux, trois minutes...

Sur l'écran, l'image du convoi s'éloignait, de l'autre côté de la ligne rouge. Et rien ne s'en détachait...

Clarck se racla la gorge et annonça :

« Séparation non réussie. Navette 212 perdue... »

Le Président s'écria :

« Ils ne peuvent plus rien faire ?

— Non, dit Clarck.

— Et ils vont tomber comme ça, avec le convoi, dans le Soleil ?

— Oui..., dit le Pape. Oui, bien sûr... »

Il regardait l'image du convoi qui s'en allait, s'en allait... Il répétait doucement :

« Bien sûr .. Bien sûr... »

Une ferveur extraordinaire monta de la terre vers celle qui était morte ou en train de mourir pour l'humanité. La réussite de sa mission et sa fin fulgurante, le mystère total qui enveloppait à jamais les circonstances de son action et de sa mort, si loin, si haut au-dessus de la boue du Nuage et des foules, firent de Judith, instantanément, un personnage surhumain, un martyr, une sainte, un archange...

Des groupes d'adoration naquirent un peu partout. Les difficultés du retour à la vie étaient terribles, et semblaient même, en certains endroits, impossibles à surmonter. Mais Judith, elle, avait réussi l'impossible ! Son exemple regonflait les courages. La ferveur qui montait vers elle redonnait de l'espoir.

Il avait été officiellement annoncé par Houston qu'il faudrait soixante-quatre jours au convoi, et à la navette qui faisait corps avec lui, pour atteindre le Soleil. C'était un long délai. On ne savait pas quand Judith mourrait. On ne voulait pas se représenter la façon atroce dont elle allait mourir. On souhaitait qu'elle fût déjà morte, mais en même temps on commença à murmurer qu'elle ne mourrait pas, qu'elle ne pouvait pas mourir, qu'elle allait revenir !...

On n'avait aucune preuve de sa mort ! Les scientifiques qui assuraient que la navette ne pouvait plus s'arracher à l'attraction solaire étaient-ils certains de leurs calculs ? Il y a toujours des savants qui se trompent, souvent les plus grands...

Il y eut, inévitablement, des hallucinés, qui l'entendirent, qui la virent. Elle était venue leur parler, la nuit, elle leur avait dit : « Courage ! Je serai bientôt de retour, avec vous. Reprenez espoir ! Tout va s'arranger... »

Les hommes avaient grand besoin de ces messages. Tout au long des routes et des autoroutes montaient jour et nuit vers le Nuage les fumées noires, puantes, des brasiers arrosés de pétrole où brûlaient des millions de morts. Il fallait entretenir les feux à l'oxygène naissant, l'air n'en contenant pas assez pour leur combustion. On continuait de mourir dans les villes, de faim, d'épuisement, ou à cause des radiations reçues. Du Nuage tombaient des pluies empoisonnées qui corrodaient les vêtements et la peau. Seul un petit nombre d'usines avaient pu être remises en route, pour assurer le minimum de nourriture aux rescapés, et parmi les groupes d'adoration de Judith commençait à naître un mouvement qui demandait la fermeture définitive de toutes les usines, et le retour à la terre pour une nouvelle civilisation. Mais la terre n'était plus qu'une boue stérile...

Les journalistes émettaient sans cesse des hypothèses quant à ce qui s'était passé au moment de la « séparation » ratée. La plupart, appuyés par des techniciens du Centre, penchaient vers la thèse de l'accident : la navette était restée accrochée au convoi, le mauvais fonctionnement d'une rétrofusée ayant soudé l'avant de la 212 à l'arrière du dernier « wagon ». Ou bien, sur une poussée trop forte de ses fusées arrière, l'avant de la navette avait défoncé le wagon, s'y était enfoncé, et s'était coincé dans sa charpente...

D'autres disaient qu'il était plus probable qu'Olof, après avoir tué Judith, avait choisi cette façon spectaculaire de se suicider. C'était bien dans la manière d'un fou paranoïaque.

La thèse de l'accident finit par l'emporter. Parce qu'elle était un peu moins pénible que l'autre à supporter.

Rory se réveilla, croyant avoir dormi quelques heures. Un petit homme blanc était assis à son chevet, avec une barbe blanche.

Le Pape! Qu'il avait vu hier imberbe!...

Cette barbe...?

Il se passa une main sur les joues. Lui aussi était devenu barbu...?

Il voulut s'asseoir dans son lit, mais dut se rallonger, la tête lui tournait.

«J'ai... dormi? Combien de temps?... Qu'est-ce qu'il y a? Je suis malade?

— Non, dit le Pape. C'est moi qui vous ai fait dormir, avec l'aide de mon médecin. Pour votre bien et celui de tous, il était préférable que vous dormiez pendant que votre femme jouait sa partie...

— Judith! cria Rory. Où est-elle?

— Votre femme est morte, dit le Pape. Grâce à son sacrifice, les hommes sont vivants... »

Il le mit au courant de ce qui s'était passé : ce qu'on avait vu, ce qu'on ignorait, et ce qu'on supposait. Judith ayant convaincu Olof de cesser le massacre. Olof la gardant en otage pour assurer son impunité. Et l'accident... C'était la version maintenant adoptée, personne ne pouvait en savoir davantage, et Rory ne saurait jamais rien de plus.

Houston se vidait. Les Présidents se hâtaient de rentrer chez eux, pour faire face aux misères de leurs peuples déchirés, au désordre, aux dangers divers qui succédaient au danger universel. Il fallait bâtir un monde nouveau, retrouver pour l'espèce humaine un mode d'existence en harmonie avec l'équilibre naturel recouvré. Alors le Nuage se dissiperait et les hommes reverraient le bleu du ciel. Ils avaient été terriblement punis. Cette leçon, et le sacrifice de Judith, ne devaient pas rester inutiles. Ne pas recommencer les erreurs. N'oublier jamais...

Salvador Bisbal fit ses adieux au Pape et lui annonça que les Présidents se réuniraient solennellement le 64ᵉ jour...

« Le lieu de la réunion n'est pas encore fixé, mais nous vous prions d'ores et déjà de vous joindre à nous, avec les chefs de toutes les croyances. Nous devons être tous ensemble, ce jour-là, pour élever nos pensées vers " elle ".

— Je n'irai pas, dit le Pape. Je ne serai plus rien. Je vais abdiquer, aujourd'hui même.

— Abdiquer ?...

— Je ne me sens plus capable, ni digne, d'assurer la charge du pontificat. Je vais chercher un couvent à peu près intact, quelque part, m'y enfermer, et prier pour eux deux, et pour tous, jusqu'au bout de ma vie. Adieu, Salvador. Je vous souhaite du courage. Vous allez en avoir besoin...

— Adieu, Innocent... Mais ne craignez-vous pas que votre démission en un tel moment... alors que

Rome n'existe plus, ne secoue dangereusement votre Eglise?

— Elle s'en remettra. Elle en a vu d'autres... Et si elle devait disparaître l'univers continuerait de tourner. Dieu n'en est pas à une Eglise près. »

Ils avaient entendu le message...

Deux jours terrestres avant que les écrans du Centre aient montré la 212 en train de rejoindre le convoi, Olof avait par mégarde effleuré le bouton du son...

« ... *décidé de vous accorder l'immunité totale si vous regagnez la Terre immédiatement. Vous pourrez vous retirer...* »

La voix venue d'un autre monde promettait l'impunité pour lui, la vie et la sécurité pour tous les deux...

La vie... Ensemble... Quelque part... *en un lieu que vous aurez choisi...* « Un lieu »... Une maison, tranquillité, confort... Tiédeur... La vie... Ordinaire... Qui durerait...

La voix plate, la voix d'ailleurs, répétait le message absurde. Avec une grimace, Judith avait fait signe à Olof de couper. Le silence, leur silence, était revenu. Judith avait ouvert ses bras, et l'élan léger l'avait portée contre la poitrine d'Olof. Elle s'y était posée doucement et avait refermé ses bras autour de lui. Avec tendresse. Avec son accord absolu : ils ne pouvaient pas REDESCENDRE

Le hublot, à côté d'eux, découpait dans le ciel noir

un écrin d'étoiles. Le soir de ses quinze ans, Olof lui avait dit : « Je t'emmènerai !... »

Il faisait déjà très chaud quand ils dépassèrent le point de non-retour. Et la température augmenta de plus en plus vite.

Olof ralluma les fusées arrière, à leur minimum, juste assez pour ajouter à l'attraction du Soleil l'accélération nécessaire à la création, dans la navette, d'une légère pesanteur. Il y eut de nouveau un haut et un bas. En bas, derrière eux, se trouvait ce qu'ils abandonnaient. En haut, ce vers quoi ils allaient. Ils ne « tombaient » pas vers la lumière. Ils montaient.

Olof ferma les volets des hublots qui, malgré leur dispositif antithermique, laissaient entrer trop de rayonnement brûlant. Ainsi devinrent-ils coupés de tout, même de l'image des étoiles et de la clarté du soleil, réunis dans le ventre de la navette, au milieu de l'espace éblouissant et noir, seuls, ensemble.

Elle s'était allongée sur l'étroite couchette de la chambre capitonnée. Elle le regardait en souriant aller et venir, faire ce qui devait être fait. Elle l'attendait. En trois longues enjambées légères il la rejoignit, se coucha à son côté, et lui prit la main. Ils étaient nus, serrés l'un contre l'autre, ils transpiraient, chacun sentait contre son flanc la chaleur de l'autre, humide, brûlante. Elle soupira, heureuse, serra doucement la main d'Olof. Ils n'avaient plus besoin de se parler pour tout se dire, de se regarder pour être pleins de leur image. Ils étaient confondus, accordés, deux, et un.

De sa main libre, Olof brisa l'ampoule de gaz qui permettait à un astronaute, dans un cas désespéré, d'éviter les souffrances et l'agonie. Il murmura :

274

« Respire... Bien... »

Elle dit :

« Oui... »

Ils emplirent profondément leurs poumons. Ils furent envahis par l'odeur du printemps, du genêt et du tilleul, du chèvrefeuille et des azalées dorées, et de toutes les fleurs qu'ils ne connaissaient pas et qu'ils reconnaissaient. La fraîcheur de la rosée se posa sur leur visages. Ils entendirent les chants des oiseaux heureux et le bourdonnement des abeilles. Des abeilles ? Des abeilles ?... Judith se demandait... Se demandait quoi ?... Elle était si bien... Elle soupira .

« Toi... »

Et ce fut fini.

Ils poursuivirent leur voyage. Les parois de la navette rougirent, et ils furent transformés en cendres légères. Le convoi explosa, la navette et ce qu'elle contenait devinrent un nuage tourbillonnant de molécules ardentes. Les molécules se divisèrent en atomes, les atomes en particules et en sous-particules, jusqu'à ces impondérables immortels qui existent depuis la première seconde de la Création, et qui sont la matière, l'énergie et l'essence de tout ce qui existe dans l'univers, chacun d'eux possédant la mémoire de tout le passé du monde et la semence de tous ses avenirs. La multitude de ceux qui venaient d'être momentanément un homme et une femme s'enfoncèrent en une gerbe d'or dans le soleil, radieux et vivants de leurs vies anciennes et futures, se souvenant de l'amour, séparés et réunis, ensemble pour l'éternité.

Rory O'Callaghan se rendait, en compagnie de sa fille Filly, à la grande réunion du 64e jour. Présidents, chefs d'Eglises, notabilités de toutes sortes, tous ceux qui avaient une responsabilité collective, et qui avaient survécu et pouvaient se déplacer, étaient en train de se réunir sur l'île Samosir, au centre du lac intérieur de Sumatra. C'était un lieu qui n'avait pas souffert. De là, à la seconde S de l'heure H calculée par les ordinateurs de Houston, un signal partirait vers le monde entier, pour que tous les habitants de la Terre, ensemble, prononcent le nom de Judith. Il avait été décidé que la même cérémonie serait célébrée chaque année, et que ce jour anniversaire du grand sacrifice deviendrait une fête internationale. Le jour de Judith. Le jour J...

Rory avait été prié de prendre la tête du « Mouvement pour une nouvelle nature » qui allait être officiellement créé au cours de la réunion. Il avait accepté. Son hélico venait de décoller. Assise à côté de lui, Filly se grattait furieusement l'arrière de la tête. Elle demanda :

« Où c'est qu'on va ? On va rejoindre maman ?

— Non...

— Où c'est qu'elle est partie, maman ? »

Incapable de répondre, Rory fit un geste vague vers le haut, de la main et de l'index...

« Dans le Nuage ? demanda Filly.

— Plus haut... Beaucoup... »

Il enchaîna rapidement, pour éviter d'autres questions :

« Qu'est-ce que tu as à te gratter comme ça ?

— Ça me gratte en dedans, dit Filly. Mon cardino-bobo, il a dit que j'avais des plumes qui me poussaient dans la tête... »

Rory sourit avec mélancolie et passa sa main sur la tête de Filly, dont les démangeaisons se calmèrent.

Les lampes s'allumèrent : l'hélico venait de pénétrer dans le Nuage.

Au moment de l'explosion de la bombe de San Francisco, l'hélico avait reçu des neutrons, mais grâce à la distance que Rory avait réussi à mettre entre son engin et le lieu de l'explosion, ils étaient peu nombreux, et dispersés. Un d'eux avait vibrionné le foie de Shama. Un autre avait traversé la tête de Filly, de la nuque au front, en un milliardième de seconde.

A son point d'entrée dans le cortex, ce n'était pas des plumes qui poussaient, mais des cellules toutes neuves, à la cadence de vingt à trente mille à la minute. Il en faudrait des milliards pour constituer ce qui allait devenir, dans la petite tête rousse, l'embryon du quatrième cerveau de l'homme. Il lui faudrait des milliers de générations pour se répandre dans l'espèce humaine et commencer à en modifier le comportement.

Cerveau de la sagesse, ou d'une plus grande folie ?

« Croua ! dit Shama. Qui peut savoir ? »

Il s'était perché sur le dossier d'un fauteuil. Sa transformation continuait. Ses plumes, par-ci, par-là, devenaient bleues à leur extrémité.

Il avait l'air d'un corbeau à pois.

Paris, 16 juillet 1982

DU MÊME AUTEUR

en collaboration avec Olenka de Veer

LES DAMES A LA LICORNE, *roman.*

LES JOURS DU MONDE, *roman.*

Aux Éditions Flammarion

LE PRINCE BLESSÉ, *nouvelles.*

Aux Éditions Garnier

SI J'ÉTAIS DIEU...

Aux Éditions Albin Michel

LETTRE OUVERTE AUX VIVANTS QUI VEULENT LE RESTER

Impression B.C.I. à Saint-Amand (Cher),
le 28 février 1995.
Dépôt légal : février 1995.
1ᵉʳ dépôt légal dans la collection : décembre 1985.
Numéro d'imprimeur : 1/508.

ISBN 2-07-037696-6./Imprimé en France.
Précédemment publié par les éditions Denoël
ISBN 2-207-22829-0.